U0556569

创意写作书系

渴望写作

创意写作的五把钥匙

THE DESIRE TO WRITE

【美】格雷姆·哈珀 | 著
(Graeme Harper)

范天玉 | 译

中国人民大学出版社
·北京·

“创意写作书系”顾问委员会

序言

“渴望”是一种冲动，你想要做某件事或拥有某件东西，因为你相信它会为你带来满足。那么，当你渴望为一本谈论人们如何渴望成为创意作家的书写序言时，你是在渴望什么呢？对这个问题，我有一个简单的答案，我渴望讲述一些创作本书的背景故事——而我相信这么做确实会为我带来满足感。

这个世界上有成千上万的人享受着创意写作的成果。他们中的大多数人都并不渴望创作任何自己的作品。“渴望”，意味着“有欲望”或“被欲望所驱使”。这些人并不渴望从事创意写作。然而，他们中的许多人都会欣赏故事、诗歌、小说、墙上的文字、电影剧本、歌剧中的歌词和电脑游戏中的角色的历险记。但是，他们自己并不（也不渴望）创作任何东西。阅读和创作并不是一码事。那么，创意作家的“创作欲”到底是什么呢？

我希望写一本书谈谈这个问题，而这让《渴望写作：创意写作的五把钥匙》这本书得以诞生。创意作家是因为什么在创作呢？我们为什么要这样做？以这些问题为切入点，对创意作家来说，创意写作的核心要素到底是什么——是什么支撑着他们创作，并最终让他们获得满足？某种最本质的东西，激发了创意作家的创作欲——而有些情况下这种东西会一遍又一遍为他们赋能，贯穿他们的整个创作生涯！

为了满足这种欲望，创意作家（世界各地数以百万计的作家）不断地进行着结合了想象力与智力的工作。他们这样做，是因为对创意写作来说，想象力所具有的创意影响力和图示，必须与结构化的、受到广泛认同且可被识别的书面表达结合在一起。写作——任何一种写作，都可被看作一种短暂的交流、一种面对面的交流，交流的内容可能是一种思想、观察或印象，它们的持续性因写作而异。另外，即使作者不在场，写作仍能使作者和他人交流彼此的思想、观察，以及那些尤其是在创意写作过程中产生的富有灵感、幻想的巧妙的想法。事物一旦被书写成文字，就仿佛获得了某种永恒性和可交换性（至少，在读写文化这一写作和阅读需要被习得且得到了高度重视的环境中是如此）。

《渴望写作：创意写作的五把钥匙》始于这样一种想法：对任

何人来说，从事创意写作都是一个与众不同的决定，而紧跟在这项决定之后的，是想象力和智力的独特结合。为什么我们中的一些人会做出这样的决定？而在我们做出了这样的决定之后，又是什么鼓励着我们坚持下去——不断地推进着一个又一个创意写作项目？

毫无疑问，有人成为创意作家的一大原因就是他特别想要完成一些能够分发给其他人的东西——出版物（小说、诗歌、短篇小说或类似的东西）。出版提供了一种潜在的永久性，一种能让你不在场时也能以书面形式与他人交流的能力——你的表达可以跨越空间（它们传播到不同的地方），也可以跨越时间（它们留下了书面记录）。作家的创作往往取材于其个人周围的环境，他们会把社会中的各种事物、文化以及当前历史所造成的影响与这种环境结合起来。因此，这种恒久感既被和自我认同与自我价值关联在一起，也依附于特定的文化时刻。此外，由于创意写作通常涉及对感受的表达，出版物所潜藏的那种相对的永久性也意味着作者在感受到某种情绪体验的瞬间流逝之后，依然能有机会与他人分享自己的情感。因此，创作也为个人感受提供了一种长久的记录。

当然，想要出版一部作品（或为电影、戏剧、电子游戏或音乐表演提供自己的作品）是人们决定成为创意作家的常见原因，或许他们也是为此继续进行着各种创意写作项目，履行着创意作家一职。

这种出版物也许是具有商业性的——其目标就是让某人（很可能是出版商，或者电影、戏剧、音乐或电脑游戏制作人）为了获利而出售你的作品。你也可以完全为了与你身边的人分享而出版作品——所以你的“渴望”也不一定是让众多陌生的读者阅读你的作品。作品可能是自费出版、自费印刷，或只是以一种形式（纸张、电影、舞台）交付给你希望与之分享的人，而这要求作品有某种物质载体。

然而，并非每名创意作家的原始欲望都是创作并完成一部创意作品，之后向他人传播。你的写作欲望可能主要来源于你在写作中表达自己时获得的快乐。换言之，你之所以从事创意写作，是因为这种表达方式使你获得满足感，而你的文字是否会被出版或被搬上舞台则完全是次要的——如果这对你来说还有意义的话。你把思想和感情、观察和记忆结合起来，通过创意写作表达自己，当你这样做时（或当你完成了一些东西——一首诗、一个故事），你的“渴望”达成了，你获得了满足感。表达一直是你满足“渴望”的主要动力，而你创作的对象却不那么重要。

创作一些东西——诗歌、小说、戏剧、电影或其他——或只是享受通过创意写作表达一些东西，都会增强写作的欲望。与他人分享思想和感受，教书育人（在读写文化中，创意写作是支持写作和阅读热情的一种形式），以及努力理解自己或他人的生活、现实世界和想象世界中的现象，也是如此。所有这些都会激发写作的欲望，支持人们写作。对于创意作家来说，这是常见的动机。

也就是说，我们不应该对任何人的写作欲望做出假设。创意写作是一种美妙的个人实践——即便它可以产生数百万人共享的作品，而且它往往反映了特定实践和地点的文化和社会影响。但作家个人的作用和“渴望”是最重要的。我们渴望写作，因为它给我们带来（或可能带来）某种满足感。创意作家的个人欲望的要素很可能包括他们的意图、他们的行动、他们的情感、他们的想象力以及他们从写作中获得的各种形式的快乐，但在思考这些要素并比较它们时（与我们自己相比，作家个人如何对待它们），我们的答案不具有普遍性，反而带着个人主义的色彩，其中一个（或一些）答案直指我们写作欲望的核心（如果我们确实渴望写作）。我们可以说，在读写文化中，对创作的“渴望”是常见的，但不是普遍的。因此，为了理解它，我们需要同时考虑任何能催生创意写作欲望的潜在原因，以及个体对写作和通过写作做出的反应。

我以创意作家的身份撰写了《渴望写作：创意写作的五把钥匙》这本书。完成这本书的创作后，我立即开始写我最新一部小说：《释放动物》（Parlor，2021）。然而，要批判性地探索创意写作，并不需要成为一名创意作家。这种批判性探索主要在于愿意从以下事实开始：创意写作是一种人类活动，始于个人的思想和情感，并以铭文的形式表现出来（在本书中，这是指将文字印在纸张上，或比喻意义上的镌刻在电子屏幕上）。我们关注的重点是定义创意写作的批判性工作的事物——或者说，在许多国家越来越多地被称为“创意写作学”的事物。这种批判性工作并不会削弱或否认对创意作家创作的成品作品的关注，正如在文学研究领域所看到的那样。然而，这种批判性工作的着眼点总是写作、写作的行为，以及创意作家的理想和态度。这种批判性工作也不是在写作研究学或更广泛地在作文学中常被发觉，乃至于在语言学及其子领域也大量出现的普遍的写作批判。创意写作的批判性研究是独特的，创意写作中想象力和智力的高度互动使之如此。

在思考创意写作的欲望时，我们发现了许多潜在的调查途径。通过这些途径，我们觉察并探索了个体感受、写作活动和写作成果——且并不优先考虑其中任何一种要素，而恰恰与之相反地认为它们同等重要。创意写作的发生总是流动的、相互关联的。它是一种人类活动，受我们的许多其他活动启发并与之结合。它利用知识的各种形式，呈现出其自己的个性化知识形式。它同时还利用了创造力这一人类的综合特征。就此，在某种程度上，当我们审视创意写作的欲望时，我们也在审视人类的奥秘。

目录

导论　所以，你想成为一名创意作家？

你的故事是什么？ /13

1　意图

问问那个终极问题 /21
创作问题 /28
创作的模式和方法 /43
探索意图 /47

2　行动

不作为 /51
创意写作事件 /59
行动和行为 /70
探索行动 /75

3 情感

感觉、信念、动机 /79
情感、情绪化、情感化 /88
情感价值 /94
探索情感 /98

4 想象

事实、反事实、创造力 /103
心理表征 /110
开发你的想象力 /116
探索想象力 /128

5 快乐

“磨难是一种选择” /133
“阅读”的乐趣 /147
探索快乐 /154

结语 成为一名创意作家

言语和行动 /159
利用元素 /164
你，创意作家 /167

注释 /169

译后记 /177

导论　所以，你想成为一名创意作家？

◆ 你的故事是什么？

那种对成为创意作家的渴望，只靠一个故事是说不清的。你的故事，你个人所独有的那种促使你尝试创意写作的渴望，是与众不同的。它来源于你的人生经历，并被你所怀抱的“创意写作将会为你带来积极体验”这一个人信念赋予力量。吸引你成为一名作家的理由或许是你对语言的热爱，而创意写作给予你投身其中的自由，或许你需要解开某个由创意写作带来的创作难题，又或许你的原动力关乎其他一些东西，譬如智力或直觉、表述或证明。“渴望”一词描述了一种强烈的感觉。我将这个词置于此处是为了强调一件事：脱离了这种强烈的感觉，创意写作就难以完成，也几乎不可能持续下去。也就是说，这种渴望与你的动机及行动意愿直接相关。作家天然地拥有不同程度的动机，以及让他们在一般或特殊的情况下采取行动的或多或少的意愿；不过，对写作的渴望，对于那些想要成为创意作家并一直保持下去的人来说，总是关键性的力量。就此来讲，创意作家常常把人类的欲望作为探索的主题，可能也不仅仅是一个巧合。

凭借《一千英亩》（*A Thousand Acres*，1991）获得普利策小说奖的美国小说家简·斯迈利（Jane Smiley）写道，“就我个人的经验来说，欲望就是唯一的动机。没有任何情理或原则能限制它或反对它”（Humphreys，1989：1）。在《天堂与地狱的结合》（*The Marriage of Heaven and Hell*，1970）一书中，18世纪的英国诗人、艺术家威廉·布莱克（William Blake）写道，“成功抑制住自己欲望的人之所以能够做到这一点，只不过是因为他们的欲望还不够强烈”。欲望既涉及我们的情感，又涉及我们的理性。在此，我们既利用了我们的智力（我们的理解），也利用了我们的想象力。这里有三个例子，两短一长，讲了不同的创意作家的故事。

学校里的学生

一个男孩站了起来。在这个约有20名学生的课堂上，都是14到15岁的孩子。这是位于英国北威尔士的一所学校，眼前的孩子们正处于第四关键学段（Key Stage 4）——这是英国高中教育系统的称法，指的是十年级。我此行的目的是和这些孩子谈谈创意写作，或者给他们介绍一些写作练习。这是一次完全非正式的访问，我之所以来此，不过是受到一位对创意写作感兴趣的英语老师的口头邀请。因此，这次访问没有什么定好的活动计划。屋里的学生们显然更愿意参加我的访问活动，而非继续留着上英语课。而他们的英语老师也鼓励他们这样做。所以，他们既可以说是自己选择来这里的，又可以说是被选中的。这或多或少让我回想起我高中时的一些事，学校有时就会安排这样的活动。

为了打破僵局，我询问他们当中是否有人已经开始进行任何形式的写作。所以，现在，这个站着的男孩，拿起他从背包里取出的几页纸，开始朗读他写的一个故事，故事里描绘了一个反乌托邦式的未来：海水上升，淹没了大部分陆地。

病人

我现下所在的地方，此时还被称为南斯拉夫。我想，我所在的是诺维萨德市东南部的某个地方，但我不敢肯定。到这里的大部分路途一片漆黑。此时正是1990年，不久之后，南斯拉夫社会主义联邦共和国将日渐分崩离析。这是温暖的六月里的一天，但傍晚却很凉爽，因为此处降了一场薄雾，雾气来自傍晚幽谧的湖泊之上与黑暗的森林之中稍冷的空气，不过这里的白昼还是很暖和。我们见到的那些小村庄，灯火昏暗，由茅草盖着的石头砌成（如果让你回忆近现代早期的欧洲，你或许会想起它们，但它们已被我们甩在身后）。又过了不久，我们乘坐的客车拐进了一条狭窄的私人道路，穿过一丛丛树木，驶入一片越来越暗的空旷地带。有 10 到 15 分钟的时间，我们似乎已远离人迹，只是在黑暗中穿行。车上，两位南斯拉夫主人正兴致勃勃地谈天，他们似乎是一对恋人，而这谈话也并没有给我们增添更多的信息。不过，早些时候有人告诉过我们：我们会去参观某处政府设施。和我一起的还有 12 位作家，他们来自日本、波兰、意大利、中国、葡萄牙、罗马尼亚等国家。片刻之前，狭窄的道路变成了环形车道。现在出现在我们面前的这座建筑，即使是最不浪漫的人，也得说它是一幢城堡。

客车停在长长的石阶前。拱门之外，石制的狮子矗立在两旁的基座上。我们被主人邀请下车。有人从城堡里走出来，这些人大都穿着白大褂，因此我下意识地认为我们一定是来到了某处医疗设施。这样似乎说得通，却又无法解释为何他们会在这里出现——他们看上去就像是等候我们多时的亲戚一样。我突然意识到，除了那些白大褂，这座城堡里没有任何其他标志表明它是一处医疗设施。事实上，这里没有任何类型的标志，没有任何关于病房、放射科或肿瘤科的方向指示标识——没有任何类似的东西，除了穿白大褂的人，而这些人说不定是住在南斯拉夫乡下城堡版本的我们的叔叔阿姨，正走出来迎接我们。

主人热情地领着我们上了台阶。城堡内部的墙是浅绿色的，看起来更像是20世纪中期的风格，而非古代。我们前方的通道在检查站处汇合，那里，一名穿着白色制服的男人坐在一张小木桌旁。城堡里的居民比以往任何时候都更加热情，他们催促我们沿着第一条走廊走下去，尽管他们实际上并没有说话。他们居然能猜出我们这群人中没有人会说塞尔维亚-克罗地亚语——除了我们的客车主人以外。但他们仍在尝试以某种方式解释一些事情。不知为何，他们似乎在向我们言说（或者更准确地说，在暗示）：我们来这里的目的就在我们的前方，无论前方是什么，我们都已经到达了目的地；而在这个为了某个目的而去往某处的旅途中，我们将会觉得愉悦又满足。

我们转了个弯，然后又转了一个。现在，我们面前的走廊漆成了白色，而非浅绿色。之后，一条坡道突然出现在我们眼前，这条坡道通往某个很大的房间。房间很宽敞，天花板却很低，无论是我们面前还是房间里的其他地方都摆着白色的长凳，有几十把，全摆成奇怪的角度。有一面墙上嵌着窗户，但光线太暗，看不清外面的景色。房间中央是一块宽敞的区域，嵌着深蓝色、青绿色和灰绿色的瓷砖。这里的地板轻微向内凹陷，它的中央有一个很大的方形排水孔，仿佛这里发生的一切都会定期被水冲刷，顺着排水孔流走。

穿白衣的迎宾员示意我们走下坡道，在长椅上坐下。我们这样做的时候，他们中的一个正沿着走廊折返。在我们等待期间，我们客车的主人们一直在小声地说话，他们走到我们每个人的身边，用带着浓重口音的英语解释说，这里是一个提供多种医学治疗服务的机构，机构中的病人们已经被告知我们要来访，他们想要做些什么事以向我们致敬。我们中的每个人都对此表露愉悦。但与此同时，很明显的是，我们这个小组中有几人不太确定病人的聚会究竟会涉及什么，或者说这种聚会在南斯拉夫可能会涉及什么。此外，鉴于现在也没什么其他选项，他们在思考自己在被病人致敬时该做出什么反应。让这种愉悦的不安感倍增的是，我们中没有一个人会说现在正充满活力地、喧闹地围绕着我们的这种语言。而在我们这个小群体内部，基本上也没有人能很好地讲彼此的母语，尽管我们一直在用各种蹩脚的英语进行断断续续的对话，而每个加入这种对话的人都带着一种超越语言的团结感。

那位穿白大褂的医生再次出现了，他从走廊的另一头大步流星地走过来。看上去，他似乎是这座城堡里当下所发生事情的负责人。他骄傲地走下坡道。踩到房间的地板上时，他跺了跺脚。

然后，他又转身上了坡道，向正在靠近那里的人们做了个手势。我们从中辨识出更多穿白大褂的人，不过他们现在和其他一些人混在一起。而不管人们承不承认，我们这个群体里的每一个人都在看那些新面孔。除了没穿白大褂外，他们看上去似乎和其他人没什么不同。事实上，那是整个访问期间给我留下最深印象的一幕，它以一种有趣的方式徘徊于我的脑海中——几小时，几天，最终，坦白说，它留存了好些年。我们没有太多机会做进一步观察。没穿外套的那群人被引导到我们右边的一排白色长凳旁，跟我们离得不远。然后，主事的那位医生走到了由马赛克瓷砖围成的圆圈的中央，在我们客车上那位男主人的陪同下（那位女主人则坐在前排，聚精会神地看着全过程）向我们表示欢迎，并且真诚地赞扬我们每个人的工作。尽管我很确定他并不清楚我们的工作究竟是什么，但他以这样一种方式投入其中，让我不能不为之感激。这时，一位病人被邀请到了圆圈的中央，这显然是个预定好的计划。她几乎是冲向了那里，去完成她被赋予的任务。然后，负责人做了简单的介绍，其实只是说了她的名字：T 小姐。医生和我们客车的男主人很快退出了圆圈中央，只留下 T 小姐独自站在那里。

T 小姐未向我们致意，只是站在排水孔的旁边，把手伸进灰色羊毛衫的口袋里。她从里面拿出几张小纸片。那几张纸片都不一样大，正因为如此，在她的手中，它们看上去就像是一把树叶。拿完之后，她才抬头看着我们，但只笑了笑，没有做其他任何事。突然，站在舞台旁边的医生开始用蹩脚的英语解释起来，说 T 小姐听到我们即将来访非常激动，说她知道我们有些名气等等，还说她也是一名创意作家。医生的介绍似乎既让 T 小姐感到自豪，也让她有点胆怯。但医生和我们的男主人都在催促她表演。在被热切地催促了三四遍后，她开始朗读自己写的文段。

我们在那儿坐了将近 40 分钟，偶尔鼓掌。T 小姐，一位二十三四岁的年轻姑娘，读的显然是诗歌，但她用的语言我们谁都不懂，因此也不知道那首诗讲了什么。她读得如此小心，又如此安静，既没有你在诗歌表演中看到的那种热情洋溢，也没有你在诗朗诵中听过的那种肃穆庄严。她以一种谦卑的态度读着，这使她每读几行就要去找医生确认一下，而医生时不时地向她挥手，这个手势的意思是“继续”。她似乎不仅仅是在为自己朗读，同时也是在为其他病人和工作人员朗读。正因为如此，她每读一首诗，他们都会为她鼓掌，而我们也如是。有些病人没有一直待在房间里，他们的表情冷淡而疏远；有些人坐着轮椅；还有个人笨拙地靠在房间里的一根柱子旁，用额头在柱子上蹭来蹭去。

纸片的两面都写着文字，她以一种不间断的方式朗读，把每一张纸片都翻过来，显然这是一个冗长的过程。显然，许多首诗都在写她在这座城堡里的经历——她已经在这儿待了三年。有几首诗是关于动物的——关于她童年养过、至今仍记忆犹新的那些宠物。还有一首诗，显然写的是即将到来的我们（我至今仍希望那时能去询问某个人，比如我们客车的主人，请他为我翻译这首诗，这样我就能知道我们究竟被置于她生活中的哪个地方，知道她怎样想象我们的到来，知道我们对这遥远的南斯拉夫的一家医院的造访对于她意味着什么）。

教授

最近（为了让最后这个故事有点即时性，我们就这么说吧，其实故事发生在几年前），我来到了美国的一所大学，担任某个新的行政职务。机构和工作地点的变化以及新的身份角色总是让人兴奋，但它们同时也会提出一些新的要求。这次的变化也是如此，但它提出的要求比以往更多。我曾在世界各地工作过，其中有近四分之一个世纪是在美国担任短期职务，但我的新身份意味着，我要从英国迁到美国相当长一段时间，甚至可能永远留在这里。单单这一点，就既给我灌满热情，又带给我挑战。

我在这所新的机构中不认识任何人——除了招聘委员会的成员以及校内的一些高层人员（在为期两天的面试中，我被介绍给了他们）。在面试前，我从未去过这所大学。我对学校所在的州不甚了解，对这所大学的周边地区更是知之甚少。尽管我并没有把这种情况告知谁，但招聘委员会主席对我和我的家庭仍是特别关照，他是一位精力充沛的资深教授，即将快乐地迎来退休。他将我介绍给了很多人，还在自己家中安排了几次社交聚会，这样我和我的家人就能与其他在职或退休的教职员工见面。即便是在美国——这个根据我的经验有着更完备的高校任免体系的地方，招聘委员会主席所做的也远远超出了人们所能想到的。

差不多在我到达一周后，显然是受到了招聘委员会主席的鼓励，一位非创意写作学科的教授联系了我，问我是否愿意见面喝杯咖啡。这事的背景是：他和我一样来自它国。与他的邮件交流自然而令人愉悦，因此我们见了面——这次会面也同样让人感到愉快。

接下来发生的事情才是重点。尽管我并没有在会面中谈及自己的学术兴趣，但是，第二日，这位教授还是发来了一封带有试探性请求的电子邮件。这封邮件部分是对我们先前会面的跟进。

他慷慨地询问我是否一切安好，因我们才刚刚抵达此处。然后是一个问题：他说他已经写了一段时间的小说，这是他在自己的学术活动之外的兴趣，他想知道我是否有时间读读他的作品。他不太确定自己写得怎么样。当然，出于工作目的，他也写过许多别的东西，其中也有相当一部分发表在著名的学术期刊上，然而，他却不太清楚到底要拿这些创意写作成果怎么办。但无论如何，它们就在那里，作为他生活的一部分。他在闲暇时所做的事，似乎与他的学术探索、与他的旅行、与他阐释世界的方式以及他的自我意识有着某种千丝万缕的联系。

下面的叙事写给那些希望看到故事结尾的人。我猜，大概是招聘委员会主席提到了我的一些学术兴趣，引来这位教授的询问；而且我也确实答应了阅读他正在创作的小说。在我看来，写得还不错！我提出了一些建议。我不知道他是否完成了那部作品，或者获得了比那更多的东西。

你的故事是什么？

在接触了众多同行创意作家之后，我选择了讲高中学生、医院病人以及大学教授（人类学教授，但这只是碰巧）的故事，来展示环境和个人动机对创作欲望的影响。当然，其他因素也同样发挥着作用：受过的教育，对你所选文体的熟悉程度，来自老师、家人或朋友的鼓励，以及对文字的热爱。但是，无论对你产生影响的是什么，你对创意写作的渴望的存续都会是一种线索：一种有关你是否成了一名创意作家、是否进一步发展并坚持下去的线索。

上文提到的高中学生、医院病人和大学教授都在没有任何强制要求的情况下选择了创意写作。他们在学习和工作之余写作，不是因为有人要求或鼓励他们这样做，他们每个人都只是想要写些富有创造力的东西。他们是自我激发去做这件事的。创作是他们的个人决定，尽管这些决定受他们所处的环境（高中语言学习氛围、医院治疗状况、高校中盛行的写作文化等）的影响，但环境条件以及任何能被感知到的需求都并非他们选择创作的决定性因素或主要因素。他们之所以进行创作，是因为他们个人独有的对创意写作的渴望。他们投入时间和精力进行创作，借此达成某种目的，让自己获得某种形式的满足感。

所有这些事实都不需要我们判断你最终写出的作品的价值。如果我们从一开始就认为所有人都出于完全相同的原因从事创作，我们就无法成功地理解其中的任何一点。换言之，尽管“创意作家”被认为是一种职业，而这种观点在“职业”日渐成为定义我们经济角色方式的后工业革命时期（18 世纪后，即现代时期）得到了强化，但仍不意味着它已对你的创意写作行为做出了价值判断，人们也不该出于对一种职业的尊重而否定或掩盖你的个性、否定或掩盖你个人在进行创意写作时对自己所做的事以及所取得成就的全面定义。

同样，其中的问题也并不是病人的诗歌、教授的小说以及高中生的短篇故事到底哪个更有成就。当我们站在“从事”的角度谈论创意写作时，我们所指的是一项活动，而非仅仅是活动的结果。因此，这里的“创意写作”并不是要描述小说、诗歌或剧本之类的物理对象，尽管这些东西可能确实是你的创作欲望的一部分。

创意写作有五个关键方面。每一个方面都促成了你对创作的渴望，每一个方面都告诉你该如何理解并发展你的写作——这件你所做的事以及你最终要得到的物质结果。用最简单的话来说，你对创意写作的渴望就是你得出了一个结论：

我想要/需要/愿意通过创意写作表达自我

然后你继续下去——这样做了。这个简单的陈述句和支撑着它的内在观念结合在一起，阐明了大量的创意写作实践的由来，以及作为创意作家的你的心路历程，无论你此时刚开始从事创作，还是已有丰富的创作经验。

创意写作这五个关键方面就像五把钥匙，直接通向你的创作欲望以及你个人故事的核心部分，它们分别是：

1. 意图

2. 行动

3. 情感

4. 想象

5. 快乐

如果你理解了你的创意写作所涉及的五把钥匙，把握了它们与你的创意写作之间的联系，探明了它们的特质，并成功驾驭了它们对你产生的影响，那么，你不仅能够理解你的创作欲望本身，同时能够研究并探索创意写作本身的基础。据此，你会更清楚地知道自己为什么想要成为一名创意作家，同时弄清楚：现在正在支撑着你且未来会继续支撑你、让你继续从事创意写作的那些东西，到底是什么。

下文将逐一分析这五把钥匙。现实中，这些关键方面彼此间一直在持续不断地动态交流，这种交流的流动性是很重要的，因为它强调了一点，即创意写作总是基于联结与关系——诸如内容、结构、主题等方面，在实践和作为实践结果的作品中都扮演着重要的角色。关注这五把钥匙——意图、行动、情感、想象和快乐——将为你提供有效的指导，无论你从事的是哪种体裁、类型或形式的创意写作。

1　意　图

- 问问那个终极问题
- 创作问题
- 创作的模式和方法
- 探索意图

问问那个终极问题

在我们称为创意写作的“终极问题”的层面，你决定了你要从事创意写作，你觉得你不得不把其他你想做或要做的事放在一边，花费时间，找一个地方，用随便什么你需要的设备（笔记本电脑、铅笔、手机），做任何一件可以让你开始或继续创意写作的事。此时，你已经表达出一个或多个宏观意图。这里的意思是，你写作时的心境以及你的整体思维，将预示你会以某种特定的方式行动。

我们没有一种简单有效的方法，能将你的整体心境状态分成多个更小的组成部分。事实上，促使你投身创意写作的那种决心或许是多个不同组成部分共同作用的产物，而其中有些对你自己来说是难以探明的。这一现实影响了整个历史进程中人们对创造力的看法。关于创造力产生的原因与方式的谜题鼓动着评论家们做出这样的猜测：对我们来说，仅靠批判性的理解是几乎无法阐明创造力的本质的，至少无法完全阐明，我们只能理解其中的一部分。

其他那些则被认为是先验的，也就是说，它们超越了普通的人类经验。它们囊括了你的情绪、智力以及想象力。这些复杂的要素在创作实践中相互作用，不可分割，再加上你为了让你的写作更具创造力而有意识地做出的个人选择，以及你对那个终极问题的答案，你的决定与决心在宏观层面就与人类活动的一种特殊形式联系在一起，而那是一种可识别的艺术实践，是一种独特的交流模式。你可以看到，是一桩桩相连而互为因果的事件促使你做出决定——你要成为一名创意作家。

这种因果关系也反映在你对自己创意写作的期望和你在写作中所获的体验上。创意写作带给你的感觉与经验，将与你趋利避害的本能联系在一起——用最简单的术语来说，事情就是如此。简言之，你的意图有几个维度，与你的感觉、智力和想象力相联系。

我们可以从尼尔·盖曼（Neil Gaiman）的话语中感受到情感、思想、批判思维和想象力的融合，他的创作涵盖了漫画、电影、小说及视觉小说（graphic novel）等。或许，他甚至把自己的意图也变为创作的一部分。他在《易碎的东西：短篇小说与奇迹》（*Fragile Things*：*Short Fictions and Wonders*，2007）中这样写道：

> 就像人、蝴蝶、鸣鸟的蛋，以及人心和梦想一样，故事也是纤巧又易碎的东西。构成并支撑它们的最强大隽永的东西，不过是26个字母和寥寥几个标点符号，除此之外，别无其他。它们也许是飘荡在空气中的言语，由声音和思想组成——抽象、无形，一经说出便立刻消失——还有什么比这更脆弱的呢？但是，也有那么一些故事——小而简单的关于出发去冒险的故事，或者关于人们创造奇迹的故事、关于奇迹和怪物的故事——它们流传的时间比所有讲述这些故事的人存在的时间都要长，其中一些在诞生它们的土地消亡之后仍在流传。（Gaiman，2007：xxxxii）

虽然是脆弱的美，但其中又潜藏着强健而持久的生命力——盖曼在他的叙述中明晰地表达出吸引他成为一名创意作家的东西。

如果没有意图，你还能进行创意写作吗？毫无疑问，可以！但在这种情况下，通常被视为生活中积极因素的、能为人类实践带来巧妙贡献的创造力，却可能被视为消极因素。想想那些太过离弦走板的工作邮件，还有那些过于异想天开的技术报告。在这种情况下，人们将你的写作评论为“富有创造力”，显然不是一种称赞，而是一种批评。

在宏观层面，对创意写作的参与涉及你的意图。我们这里所说的宏观层面或命题意义上的“参与”，指的是你决定真正开始着手进行一些创作实践，而非仅仅谈论与之相关的计划，譬如：它对你的生活有怎样的意义，你该如何将你的决定落到实处，你需要走过哪些历程，你对创意写作有哪些概括性的了解，以及你对自己喜欢的写作形式和体裁有哪些广泛了解。在这一宏观层面，你的意图包括：

➢ **承诺（commitment）**

这意味着你做出一个决定——一种情感上的约定、一项你对自己有声或无声的承诺。但它依然不意味着行动。意图并不能与写作本身画上等号。不过，它确实意味着你和自己达成了一项你不希望被打破的协议。“承诺”这个词同时也暗示，写作需要一定程度的辛苦劳作。根据选题和作家的不同，需要付出的劳作千差万别，虽然圈子里不乏如何衡量作家为他们的写作付出多少努力的老生常谈（例如，小说的长度本身就被认为是一项衡量作家付出了多大努力的标准），但事实上，你付出了多少努力，和你最终能在多大程度上实现你的创意写作目标之间，并不存在绝对的联系。当然，如果这里真的有什么创意写作的承诺等式，比如努力的程度乘以努力的时间等于成功的量，事情当然会变得更加简单，或许还能在道德上让人更满意。我们周围也不乏类似这种等式的暗示。例如，“创意写作是一项艰苦的工作；它需要大量的有意识的校订，以及耗时漫长的反复修改”（Sawyer，2009：175）。或许，有时这种等式真的成立。然而，关于写作的一般真相却并非如此。对创意写作的了解、对特定体裁的偏好、写作者的心理特征（如能否适应不确定性、是否具有灵活性和是否自信）都在其中发挥着作用。承诺只是你的意图的一个组成部分，而非你能否在创意写作中获得成功的衡量标准。

➢ **计划**

计划包含可能与你的意图相关的一系列外在表达。例如，你或许会告诉你的伴侣、家人或朋友，你在某个特定的时间段没空（你可能会公开声明你在写作，也可能不会）。你可能会开始某些行动，来筹划一则故事、一部小说、一个剧本，或者记一些灵感笔记，为在未来撰写诗歌或创作戏剧做准备。不过，比这些更有可能的是，你的意图的最初迹象将通过你的内部计划（即你的脑内计划）而非其他外在计划来表达。内在计划是很重要的，因为创意写作不仅仅承载于它的物证（草稿、发给出版商或编辑的电子邮件、已完成的作品)，你的思考、情感投入、推理以及想象同样是它的一部分。内在计划不一定只出现于落在纸面的实际行动之前(在你的创作过程中，它可能会反复出现)。事实上，在你创作一部作品的过程中，即你决定开始进行创意写作，并通过身体力行的创作行为维持下去的过程中，你的内在计划可能会发生改变。这种改变可能是受创作过程中你遇到的各种情况的影响，也可能是受你不断变化的思想和情绪的影响，甚至仅仅是受从创作伊始到创作结束间的组织工作的影响。

➢ **逻辑推理**

为何会在情感驱动下投身创意写作，与你对创意写作的个人信仰有关。你把创意写作视为一种表达方式，同时也视为一种探索和呈现信息及你个人感性表达的方法(对其他类型的写作来说，想象力与创造力可能确实没什么用处)。不过，写作同时也是人类交流的一种方式，它涉及对文字的有组织的应用，而文字是承载意义的语言单位。所以，“情感”——你的主张的一部分、你试图成为一名创意作家的宏观决定——也依附于书面语言这一人类象征与沟通互动的重要组成部分。因此，创意写作并不完全是情感的流露，它也是对沟通和象征元素的一种组织协调。要想组织这些元素，你的写作就必须涉及逻辑推理。你的意图已经包含了为什么进行创意写作的逻辑推理，同时也包含了为什么选择创意写作而不是其他艺术形式或交流模式的比较推理。在创作过程中，你的推理也会影响你对语言工具的选择以及你使用这些工具的方法。

➢ **感知**

当你决定从事创意写作时，你还要解决感知的问题。它包含你对创意写作本身及其结果的感知，以及你如何看待和理解这些东西；同时还包含你对这些东西的心理映像。感知涉及你对感觉信息的阐释。因此，你与创意作品交互时的所闻或所见——甚至是你写作时的身体感觉，或与创意写作相关的客观物体（如书籍）的外观和触感——都会影响你的意图。感知也与所谓的“常态化”有关，这意味着你的生活中存在着一系列你视为“日常”或你认为可以称为“日常”的活动。这种宏观层面的意图也与围绕着你的社会文化规范及外在环境相关联。我们能够理解周围的社会环境，是因为我们对他人的行动与诉求以及他们可能采用的行动方案生成了一套阐释性解读。有鉴于此，你从事创意写作的意图也将与你从他人身上感知到的意图有关。

在你做出决定的那一个点，即你在根本层面上回答“我是否会成为一名创意作家”的瞬间，你对写作的渴望与你的信念联系在了一起。你相信你关于创意写作经验与结果的承诺、逻辑推理的过程以及真实的感知，将最终给你带来某种形式的满足。花一些或更多时间想想这个问题，将给你提供一种可用的阐释工具，帮助你理解自己如何做出成为创意作家的决定，同时帮助你检验自己对创意写作的欲望是如何影响你接下来的行动的。

创作问题

你确定你将要开始创意写作，你的这一决定将与你其他的作家行为（writerly actions）的整体框架相适应。我们可以把这些作家行为称作你在微观层面的个人行为，包含了日常的写作决策与创作调查。也就是说，当**意图**明显地影响你在宏观层面的决策时，作为一名创意作家，你还需要和一些微观层面的事物打交道，例如你在创作一部作品时所需完成的惯常工作。毕竟，创意写作要求你理性地行动。创意写作是一种特定类型的写作，有其特定的属性和特定的结果，因此，我们把偶然性的创意写作视为一种有着其他目标且不太可能达成该目标的写作。富于想象力、逻辑合理、规划得当又实施良好的创意写作是基于你的感知的——这是你开始或继续你的创意写作从而成为一名创意作家的基础。你决定进行创意写作，你要激发、保持和培养你的这种意图——这就是成为一名创意作家的定义。

你想要进行创意写作的欲望可以被框定在一个更大的框架内。在此框架内，你的意图将通过微观层面的想法和行动表现出来。更广泛地说，你的意图将会影响你的判断，促使你创作特定类型、特定体裁、特定形式的个人作品，或选用你个人独有的创作方法和模式（可能还包括你选择的创作地点和创作工具）。

体裁、类型、形式

体裁、类型和形式是评论家们经常交替使用的三个词。在本书中，这三个词将被赋予特定的含义。**体裁**（type）一词，此处是指具有相同书面特征的作品，如诗歌、剧本、小说等。**类型**（genre）在这里指的是一个类别，即具有一致类型成规的创意写作作品，例如喜剧类、恐怖类、悲剧类、科幻类、爱情类；一些观察家还将虚构和非虚构定义为核心体裁，此处也把其当作成规的一种。类型或类别的定义会随着时间的推移而改变，同时也会被文化影响且能接受各种不同的阐释。这里的**形式**（form）指的则是作品的组织和结构。就此，按例来说，你可能正在创作一部小说（体裁），而这部小说又是一部以书信形式（形式）呈现的喜剧作品（类型）。

体裁

从吸引力与满足感的角度入手，我们可以很好地探索你对体裁的选择。从本质上说，你喜欢某种体裁的创意写作，是因为它吸引你，并且能有保障地为你带来你所期待的满足感。体裁的选择可以同时在微观层面（即影响个人的写作行为）和宏观层面（即你如何设想你的写作，如何激励自己开始去做，以及如何投射出你行动的最终结果）发挥作用。这里有一个关键时刻。

想象一下，当你为诗歌这种艺术形式或交流方式神魂颠倒时，你甚至可能认为创作诗歌的挑战凌驾于所有其他的写作之上。尽管如此，你仍可能打算创作剧本。这么做的原因很简单：尽管你对诗歌创作十分赞赏，但诗歌创作的最终结果，即其最后创造出的物理对象是诗，通常来说，这是诗人和诗歌对人类的全部艺术和交际贡献，而你的意图是创作一些会给你带来实际的经济收入的作品，你认为创作诗歌无法做到这一点。考虑到当代的媒体和文学消费习惯，这种预估是公正合理的。

促使你选择特定体裁的因素虽然复杂却也容易理解。你的选择可能首先取决于你的意识与兴趣。这并不意味着你一定要非常了解特定体裁的创意写作或者对特定体裁有丰富的经验。简单来说，你意识到它的存在，且很可能已经感受到并赞赏它对你产生的影响，你计划根据自己的兴趣来进行创作。你的感知、逻辑推理、承诺和一些初步的内部计划决定了你的选择，而你的选择又揭示了你的意图。或许，你还从未创作过你计划创作的体裁的作品，但显然，作为观众或读者的你已经体验过这种创意写作了。作为观众或读者，你能够将相关作品与特定的体裁联系在一起，这些作品也许正是那些你所欣赏的和想要创作的。此外，你说不定已经考虑过了这种体裁将如何与特定的创意写作类型和形式产生互动。

按照认识某种体裁的简单逻辑，你选择创作特定体裁作品的意图就是再现你体验过的体裁。换言之，如果我们用体裁来代指具有相同特征的作品的话，那么为了创作出特定体裁的作品，你的意图就是将自己的写作映射到你认定的类型惯例之中。当然，如果你只是作为观众或读者（而非作家）体验过某一体裁的创意写作，那么，你很可能对这种体裁作品的创作过程实际涉及什么，甚至对最终作品如何出现，都没有一个成熟的感知。

在这方面，我们有两个很好的例子：电影剧本与音乐剧剧本（或歌词）。以电影剧本和音乐剧剧本为例，这些以最终成品（即电影和音乐剧）定义的写作类型并不会告诉你作品是如何生成的，或者它们最终的书面形式是什么样的。这是因为，这两种创意写作体裁的最终目的都是指导另一种艺术形式，前者是电影，后者是音乐剧。你可以从完成的作品回溯到它背后的创意写作体裁，但从这个意义上说，你将这些作品的终点当作了自己的起点，并试图在没有任何观察与报道证明的情况下重建创作的过程。

如果某一体裁对你的吸引力来自你从该体裁的完成作品中获得的满足感，那么你是否会在创作此类体裁的作品时感到满足，是有待商榷的。例如，你或许会在读一部小说时获得极大的满足感，但这并不能证明写一部小说会让你获得任何满足感。由此我们可以看出，**以最终成品定义的创意写作**与**以创作过程定义的创意写作**在体裁上不尽相同。你或许通过前者第一次接触到了某一特定体裁的创意写作作品；又或许，你由此开始欣赏这种创作体裁。但你与作品的这种互动本身不是一种写作，并不能算是某种创意写作实践。

基于此，你关于创意写作体裁的意图就引出了你对成为创意作家的渴望的一些重要问题。这种渴望——与你开始写作的动机和意图直接相关的力量感——可以从下述的一种或多种情境中获得：

➢ **受到其他创意作家（特别是那些从事类似体裁创作的创意作家）的经验影响**

这种影响可能来自对这些作家写作过程的直接观察，但更多情况下，源自对这些创意作家的自传、传记、采访或回忆录的阅读，或对这些作家在公共场合举办的朗诵会与演讲活动的参与。另外，理所当然地，阅读他们的作品会使这种影响进一步增强。马里奥·巴尔加斯·略萨（Mario Vargas Llosa）在谈到他对豪尔赫·路易斯·博尔赫斯（Jorge Luis Borges）作品的热爱时，尤其是谈及他们共同的拉丁美洲血统时，称阅读博尔赫斯的作品让他产生了“一种罪恶的激情”，并指出，自从他年轻时发现博尔赫斯的作品以来，这种激情“从未消退”。“我会像履行某种仪式一样，时不时地重读他的作品。”略萨说，“这对我来说一直是一种快乐的体验。”暴露于其他作家的经验之前，努力把他们创作出的最终成品与关于他们创作过程的故事联系在一起，这通常会增加你对写作实践的熟悉程度。此外，鉴于你只对特定体裁的写作感兴趣，且打算创作该体裁的文章，它也可以为你提供一个获取直接经验与知识的机会。

➢ **接受创意写作分体写作教育**

以“小说写作”“诗歌写作”或“新媒体写作”为题的各种课程分别突出了特定的文体要素。在创意领域内进行跨体裁的讨论有诸般益处——因为所有体裁的创作都是对语言与语言结构的应用，所有体裁的创作都涉及对词汇与修辞手法的富有想象力的运用，所有体裁的写作都被定义为对那些富于创造力的原创的表达的探寻。这些分体写作课程为学生们提供了深入探索某些特定体裁的机会。在当代教学体系中，这些课程通常会被纳入涉及多种创意写作体裁的创意写作培养项目中，它们也赋予学生基于自身实践对不同体裁进行比较的机会。

➢ **自己尝试写作以积累经验**

我们常听人说，失败是成功之母。不过，显而易见，你渴望写作并不意味着你同样渴望失败。通过写作实践，我们总会发现在创作某些特定体裁的作品时，似乎更容易获得成功。在其他体裁创作上遭受的失败会成为支撑这一发现的论据。你会在特定体裁上获得更多成功的原因之一，或许是你能够将特定体裁的创作结构简化，而在其他一些体裁上则行不通；又或者，你对某种能带来特定成果的创作模式更有信心。这只是举几个例子。在这里发挥作用的既有认知因素，即你个人的记忆与逻辑推理过程，同时也有社会文化因素，即以特定方法模式呈现思想、主题和对象的艺术与交流方式所造成的影响。不过，不实打实地尝试一些创意写作，你就无法确定哪种体裁更可能让你获得最大程度的成功。什么是成功？对于作为创意作家的你来说，既不取决于你进行文学批评的水平，又不能与你创意写作的最终结果相等同。这就是为什么水平卓越的文学评论家并不总是成功的小说家或诗人（事实上，身兼二者反而是很罕见的）。

此外，你自己如何定义成功也是一个重要的问题。你对成功的定义与你的意图有关。如果你的意图是创作一个绘本将文字配上插图，来娱乐家里的年轻成员，而最终你也达成了这一目标，那么基于其他期望评判你的写作不成功，显然是不合理的。而如果你的意图是赢得某一个特别的短篇小说奖项，而你的创作没能做到这一点，那么你的意图就没有达成。如果你写诗是因为你发现诗歌可以帮助你表达你在其他地方无法宣泄的思想与情感，那么当你完成了创作，你的意图就已经达成了；换言之，你已经成功了。

文章的体裁当然可以根据其形态来描画，根据对结构和外观的批判性分析来表现其共同特征。但如果你是一名创意作家，从你的写作意图的角度来考量创作体裁——你从事一种特定体裁的写作，是因为你被它吸引，它会给你带来满足——那么你在这种体裁上的成功就是通过它是否能满足你的意图来定义的。但这并不能改变这样一个客观事实，即创意写作的体裁是根据完成的物理对象（如小说、戏剧或诗歌）中可观察到的共同特征定义的。它实际所做的，是让你将注意力集中于创意写作的实践过程，而非文本的最终形态。这种可见的文体是基于视觉、具体原型以及支持它的文本范式的。从本质上说，这意味着一部小说从外表看就是小说，而它的内部形式和功能也需要符合人们对小说的期望，不管这些期望有多宽泛。一名创意作家会致力于这些典型的、可见的例子，毕竟，这些为人广泛接受的模型，都是基于反复出现的外在模式，经历了很长一段时间才得以确立的。然而，创意写作同样也是富于想象力和创造性的。因此，当你以意图为起点开始投身于创意写作，那之后你创作的任何体裁的作品都有挑战故事原型和已经建立的创作范式的潜力。通过这种方式，你的创意写作经历既包含了对你所喜爱的体裁范式的学习，也包含了对它们的质疑，你将努力改变或重造它们，从而更好地符合你的意图。

类型

你选择某一类型的原因超越了体裁的定义与成规。就类型来说，你的创意写作意图与你对特定美学、内容、风格和声调（tone）的欣赏有关。探究对类型的选择也可从微观和宏观两个层面着手——尽管对类型来说，更多地与公共和个人维度上的交流代码相关。

你对某种类型美学的欣赏来自你的感官反应，更具体地说，源自你对你所接触的某种类型的创意写作的积极反应。因此，你计划追求这种类型的创意写作，因为与它的接触为你带来了快乐。简单地说，这种类型的作品让你感受到了某种东西——它让你产生了一种有意识的或无意识的生理反应，例如：你在观看喜剧时发出的笑声，或是在看戏剧过程中看到感人时刻流下的泪水，抑或你在阅读一篇科幻小说时产生的敬畏感。这种反应要足够强烈，让你有为此采取某种行动的意图。

类型美学不止于此。你选择的类型不仅能让你产生感官反应，同时还能调动你的情感：你会被某些特定的类型打动，从而感受到某些东西。与此同时，你的审美反应也涉及你的理性判断。感官产生反应，情感加诸心灵，你辩证地分析着某一类型——判定它与特定的主题或对象相合，或它有一种特殊的、非凡的能力可将概念与反应联系起来，或它有一种非凡的能力可将想法和反应联系起来，或它在反映问题的精确性与深度方面更胜一筹，或它在娱乐性上更胜一筹，或它与你自己的生活经历能联系在一起，或它的价值基于某些特定的文化、经济或政治条件，而这些条件会影响你对它价值的认识。

除主题和对象外，你创作特定类型作品的意图也与更广泛的内容有关。你对“特定类型的成规将对你的创作产生助益”的想象，会为你的选择打下最初的基础。举例来说，你计划以人性的纽带为主题创作一个故事，这个故事建立在一个城市青年跌跌撞撞的发现基础上，且与美国历史中某个迷人的部分联系在一起（比如：战后，在蒙哥马利巴士抵制运动发生之前的那几年里，亚拉巴马州的工业状况）。你认为戏剧是最能让这一故事展开的体裁，你就不会设想它在科幻小说或喜剧作品中如何得到很好地展开。这种类型选择要依赖于你的审美判断、感官反应、情感投入与理性分析。你如何看待与特定类型相关的内容，是这种判断、反应与分析的直接结果。

基于这种方法，你最有效的类型选择总是基于两个主要概念："适宜性"和"适用性"。

适宜性（suitability）是指你如何将一种类型想象成你的思想、解释与创造性论点的容器和培养皿，正如你可以通过创造性的方式来表述你的观点和意见。换句话说，适宜性就是你对下述问题的回答：这种类型是否能够支持我的创意愿景？适宜性还有另一层含义，与文化观念和社会习俗相关：有些作品探讨的主题被认为只适合特定类型，而不适合其他类型。在这层含义上，判定意义与内容是否匹配，则要基于你个人的道德取向和社会信仰，而这又由历史、文化和政治决定——例如，在21世纪的某个国家适合以喜剧表现的内容，在另一个国家或时代或许就不适合如此表现。创意作家的意图简单地反映了他们所处的时代与地域。后一层含义的“适宜性”常常出现在日常的闲谈中，如谈论什么对某些当代观众（例如，儿童）是适宜的，什么是不适宜的，以及哪些主题和描绘这些主题的方式是无视文明的。当然，这种从社会道德层面定义的适宜性也会被正式地纳入法律的审查制度中。

适用性（fitness for purpose）发挥着另一种作用，你可以把它当作一种衡量尺度，以确定你所选择来支持你意图的类型是否不仅能适应你的创意视野，可以恰如其分地表现你脑海中的内容，支持你选择描绘的主题和对象；还能符合一定的标准，如能吸引你所选择的潜在受众，达成你记录某个或某些此前从未被记录的时间的目标，或给你机会去考虑一些你从未考虑过的事。这些有关标准的例子都是你意图的一部分。

所以，我们可以说：适宜性用于确定类型是否能够支持你选择的内容、主题或客体的方式，并凭借这种属性扩大你的创意视野；适用性则是考虑体裁是否与你的其他创作目标相合的有力工具。

此外，你对类型的选择还包括对风格的选择，比如你对某些词语的预选，以及你对包括句子和段落在内的各种语言单位的铺排方式。由于创意写作十分强调创造性、想象力与原创性，因此，对于创意写作来说，这种风格上的选择相比其他写作形式可能丰富得多。同样，类型也涉及多种不同的语气选择。你的意图同样会把你引导到这个地方。在音乐领域，“声调”通常被与音色联系在一起，其描述的是声音的一种特殊性质。而对创意写作来说，或许可以把声调认为是一种作品所具有的态度或个性，你在写作过程中努力创造出了这种东西，而这种东西也蕴含在你作品所表达的观点中，持续发挥着作用。类型成规、适宜性和适用性将塑造你的风格和你在声调上的选择。然而，最终，你的写作选择的首要指导物仍是你的意图。

形式

最后是形式，在这里它指的是你所创作的作品的组织方式及其构成元素，它对于意图的意义就如同细节之于观察。也就是说，一个漫不经心的观察者可能会错过许多细节，就如同一个不那么细心的创意作家可能会把形式在创意写作中的应用仅仅当作他所选择的一种体裁和/或写作类型的延伸。尽管你可以选择某种创作体裁或类型，但是如果你没有有意识地关注形式，你的意图就不能完全实现。如果把你开始或继续从事创意写作当作一个命题，而类型是你所做的选择的宏观与微观维度的集合，那么你所做的关于形式的决定则可以被称为一种适应性的结果。

如果说创意写作涉及你整体上的理性行动，那么形式则涉及与你的理性行动有关的单一实例和一连串的有组织的选择——你做出的每一个创作选择都会和其他的创作选择相连。创意写作是一种特定的写作，其具有特定的属性和特定的结果，这蕴含的一层含义就是你的选择会偏向特定的结构重点。例如，相对于说明性写作来说更偏重描述性写作，或者相对于说服性写作来说更主张叙述性写作，相对于关注公开信息来说更注重对个人信息的运用，等等。不过，这都只是些概括性的说法。创意写作本身是具有创造性和折中性的，所以你对形式的应用同样具有创造性和折中性。如何驾驭对形式的应用取决于你的一种能力，你需要推理出你的形式选择将如何影响你的意图表达，并基于你的推理恰当地应用你的创意写作技巧。

从文学批评的角度，有些人可能会说，创意作家对形式的选择并不必然指向最终作品的真相，甚至无法指向作者的意图。这倒没有说错，因为在你写作时，你的思想行动既有你能意识到的部分，也有处于潜意识的部分。潜意识几乎是完全无法触及的，尽管有些人长期以来一直努力使用诸如精神分析等方法去触及和理解无意识的心理过程。文学批评正确地认识到了这一过程的艰巨性和复杂性。不过，从一个创意作家的角度分析创意写作，并考虑到潜意识很大程度上无法触及，形式可以被视作你出于某种目的而选择的一样工具。你所要考虑的最重要的不确定性因素，是你设想中选择的形式对你假想的受众群体的影响，和实际上它会对你的受众群体产生的影响之间，可能存在一定的差异。

作为一名创意作家，你总是努力游走于公众和个人之间。换句话说，你不太可能预先调查你的读者的想法，也不可能先做一次关于你的决定将如何影响读者的问卷调查，然后再开始创作你的作品。因此，你的推理只能基于你自己的经验和推测，而这种推理也会受你曾接受的所有创意写作教育的影响。这里就有一些问题：你知道所有可供你选择的形式吗？你有关于不同的写作形式是如何建构的应用技术知识吗？你有没有考虑过读者/观众对特定创意写作形式的反应？这些问题都可能有一定的作用，或许会影响你的判断。你的意图究竟是以一种相对传统的方式采用某种特定的形式，还是为了吸引你的潜在受众，而在形式应用中制造些小惊喜呢？想想弗拉基米尔·纳博科夫（Vladimir Nabokov）的小说《微暗的火》（*Pale Fire*）或马克·Z. 丹尼尔耶夫斯基（Mark Z. Danielewski）的小说《叶之屋》（*House of Leaves*）中对脚注的使用——脚注是学术出版物中常见的正式组成部分，但在小说中相对不常见，这使得小说中出现的大量虚构的引注更加引人注目。

你的选择以及你关于形式的最终决定，将一次又一次地复归你的意图，复归奠基于这些意图的适宜性和适应性，以及你所选择的形式将如何在创作层面反映你的意图。形式各不相同，当然，你可以对比其他创意作家作品中类似的形式选择。例如，两个编剧使用描述性写作的方法有什么不同？在剧本写作中，描述性写作并没有统一的规则。然而，一种批评意见认为，过多的描述性写作实际上是“在纸上导演”的一个例子，因此，剧本中的描述性写作应该尽量少，以便更好地辨识出导演在制作过程中所扮演的角色。另一种批评意见则认为，剧本中的描述性写作也是个人风格的一方面，同时也是一个可以让编剧更好地塑造想象中的电影最终样貌的机会。比较已完成的剧本可以为你提供一些实例，让你了解不同编剧的形式感。形式当然也可以在你创作的单个作品内有所变化。在创作一首诗歌时，你用的格律或许是一致的，但是你觉得只有游走在叙事性和描述性之间的形式才能更好地满足你的意图，其中还要穿插着抒情。写作形式涉及结构和功能，对它们的运用同样也受到你的想象和感觉的影响。

创作的模式和方法

通过定义你的写作意图，你就可以让自己以特定的方式利用时间和环境开展写作。这些“特定的方式”，本质上就像我们这些选择成为创意作家的人一样，千差万别。由你的意图定义，你感知、寻找并创造你独有的创作栖息地。当然，并不是所有创意写作的奥秘都能在这一过程中得到揭示，而你之所以想要成为一名创意作家，也可能正是受到了这一真相的吸引。《丹尼尔之书》（*The Book of Daniel*）、《拉格泰姆》（*Ragtime*）、《比利·巴斯盖特》（*Billy Bathgate*）、《霍默与兰利》（*Homer & Langley*）等作品的作者 E. L. 多克特罗（E. L. Doctorow）为此提供了援引。“创作是非常神秘的。”他说，“创造力本身也像一个谜。我认为，写作的最好状态，就是你并不是在算计，也不是在说明一个先入为主的观念，你只是信任着写作的行为本身。”（Morris，1999：35）

尽管有大量的文献提及，创意作家们的习惯具有一些共性——如需要一个安静的地方进行创作，或者认为划定一个不被打扰的写作时间很重要——但如何规划创作的方法模式，还是要基于你对什么最适合自己的个性的准确感知。像其他所有被称为“栖息地”的地方一样，你的创作栖息地也是一种生态场，它不仅仅与栖息地内的事物间的相互作用有关，还与你和其他人的行为模式有关。在你成为创意作家的这一段时间里，你采取了一系列具备一致性和连续性的行为，你引入、探索并追寻着某种变化，这或许与你计划启动的一个新项目有关，又或者你希望在一个正在进行的项目中引入某些新的观点。一般来说，某些活动和对象将在很长一段时间内保持固定不变，因为你的写作栖息地中有一些元素，被认为是你的写作方法、思维方式或想象力提升的基本支持要素。其他一些活动和对象会在你考虑某个想法、进行想象跨越以及实际尝试写作，并确定你所在位置的过程中，被引入或寻找到。

例如，你可能会在你创作周期内的某一个时间点买一些相关主题的书；你可能会开始在屏幕或纸张上创作，并始终以一种有序的方式偏爱某种特定的写作方法；你或许会根据过往的经验，期待自己每天或每周完成特定的字数。作为创意栖息地的一个组成部分，这些东西将周期性地在此往复。此外，当你试图创造一种方法，以在你创作周期的某个特定时间或地点创作特定的作品时，还将引入新的活动和对象。

任何作品都无法脱离时空语境的影响。理解这一点，可以帮助你识别相对固定的模式和方法——周期性的模式和方法，以及可能会积极地破坏前两者的新的模式和方法。你的意图孕育了这些行为，并帮助构建和改造你的创作栖息地。

在创意写作的过程中，你会**打草稿**，也就是说，开始你的创作，或者说以一种暗藏着流动性和变化的方式创作；然后**修改**，也就是回到前面的写作中去，进行再思索、再想象、再构思，并力求获得某种提升；再之后是**编辑**，也就是说，为工作的最终完成做准备，试图根据意图实质性地对创意写作做出总结。这些创作的流程，就像你的创意写作栖息地的其他所有方面一样，不同程度地受到一致性、连续性、多样性和各种变化的影响。因此，意图是确定将带来创意性写作的长期或周期性行为的关键。意图也是引入与特定写作项目相关的新行为的关键，这些新行为将巩固或扰乱你的创作栖息地。

承诺、计划、推理和感知决定了你是否要从事创意写作——这是宏观层面。你的意图有几个维度，与你的感觉、智力和想象力有关。创作问题决定了你选择的体裁、类型和形式——这是微观层面。

你的意图最初将表现在你的内部计划中。你的构建、创造和重建栖息地的方法模式，将通过你的行动和你与他人、与周围社会文化的互动，把你的意图转化为行动。你对创意写作的渴望与你的信念有关，你相信你关于创意写作的承诺、逻辑推理和感知最终会给你带来满足感。

探索意图

- 思考你个人对成功的创意写作的定义，将“什么会带给你满足感”纳入考虑范围内。这将揭示你的意图。
- 创意写作是一种可被识别的艺术实践，同时也是一种独特的交流方式。问问你自己，为什么你选择了创意写作，而非其他艺术形式或交流方式?
- 在评估是什么驱动和维持你的写作时，回顾一下你的承诺、计划、推理和感知。
- 运用有关意图的知识，帮助你思考各种创作问题，理解你为什么会选择某些体裁、类型和形式。这为你提供了一幅创意写作的地图。
- 你的意图影响了包括打草稿、修订和编辑在内的整个创作过程，并有效地指导这些实践。
- 带着你的意图去创作或重建你的创作栖息地。

2 行 动

- 不作为
- 创意写作事件
- 行动和行为
- 探索行动

不作为

如果你不采取行动，你就不会成为创意作家。这一点毫无疑问。归根结底，创意写作是你的行动。它也势必如此，因为在最基础的层面上，你至少要写下一些东西；也就是说，你要在字面意义上或象征意义地（比如在电脑屏幕上）做标记，留下痕迹，标出符号，最终写出我们所熟悉的单词、短语以及书写系统的其他组成部分。尽管随着时代发展，写作所需要的工具在不断变化，但它依然需要你的身体活动（或是某种可以创造出文本的替代性行为。例如，有时你可以通过口述进行创作）。

尽管作为一名创意作家，你所做的一切远超物理意义的书写活动，但话说回来，如果你不进行这些最基本的书写活动，你就不可能成为一名创意作家。遇到一位充满雄心壮志却从未付诸行动的创意作家是常有的，他们永远只是在计划——计划要写一部小说、一首诗歌、一个短篇故事、一本儿童读物、一个电影剧本或者一首歌的歌词。这或许会让你想到，如果你是汽车工程师、公交司机、化学教授或者护士，你是否也会面临同样的雄心未泯的境况？“嘿，太巧了，我也准备设计和制造一辆省油的跑车！”“下周我绝对会去开公共汽车。”“我一直想做一些催化加氢方面的工作。”“事实上，我也花了好多时间构想怎么帮助我的病人痊愈。”

人类当然有着多种多样的愿望，其中自然不乏令人惊叹的那种。因此，成为一名创意作家这个愿望本身并没什么了不起的。相较之下，那些雄心和渴望背后的东西才更了不起。只有用行动战胜不作为，这些雄心和渴望才有可能被满足。对某些特定文体的创意写作来说，是凌驾于你个人的写作之上的行业需求催生了你的行动。例如，沃伦·莱特（Warren Leight）是一名电视编剧，他的作品包括《法律与秩序：特殊受害者》（*Law & Order: Special Victims Unit*），这部以纽约为背景的犯罪剧已经播出了20季。他这样评论道：

> 在没有截止日期的时候，我就会遇上写作“笔障”（writer's block）。当我知道周一片子就要开拍时，我就能应付我所遇到的所有障碍。（笑）周一就要开拍，而现在已经是

周五晚上了，这种时候你绝不能再有什么“笔障”了。你就只能一直写，直到写完为止。(Kallas，2014：45)

虽然几乎可以肯定的是，更深入地研究那些有志于创作却未能采取行动的创意作家会为我们揭示更多细节，但此处我们仅讨论成为创意作家这一愿望所展现出的各种组合因素。

虽然与创意相关的术语和表达方式数量众多，但“创意写作”如此直接地使用“创意”一词，这一点有着重大意义。这种直接的定义性的使用，意味着明确的强调、区分（即创意写作与其他写作形式的区分）、声明、回答和认同。选择去表达你对创意写作的渴望，就表明你打算采取某种有着特定预期成果的行动。表达你进行创意写作的意愿，其中包含的显性和隐性联想，与表达进行报告写作、论文写作或新闻写作的意愿是不一样的。举例来说，这种差异可能与准确性或直接性有关。你想要进行创意写作，你已经确定了你的计划并直接向外界宣布了它们。你还回答了一些问题，虽然通常都是些有关期望的问题——有关你和你的潜在读者/观众的期望。而在那之后，如果你写了一篇论文或报道，你或其他任何人再看到它时，可能就会想：为什么它没有表现出与创意写作这种文体相关的特征？更重要的是，你自己也认为你是一名（潜在的）创意作家。

首先，“创意作家”这一描述既关乎个人，也关乎一种文化类型。创意作家这一身份其实已经超越了创意写作的实践，而承载了历史和当代原型的分量。有多少人是因为觉得自己不符合创意作家的标准，或者说不能适应创意作家的行为模式，才未能践行那些能让他们成为创意作家的要求？我猜，没有人！再换个角度，想一想你对创意作家这个概念的理解还有你对他们日常生活的想象。诚实地回答下面这个问题：如果这里有一位诗人和一位剧作家，你认为他们除了作品之外还有何身份区别？当然，这一切最终导向的，都不是所谓的典型，而只是刻板印象。尽管如此，其中的症结却是不变的。我们相信有关创意写作的特定一些事，我们在使用“创意写作”这一定义的同时也在声明这些事情，我们在描述他人或自己为“创意作家”的同时也暗示了某种特定的身份，或者这种身份中更具体的子类。这些定义意味着强调、区分、声明、回答与认同。当你理解了这些概念，并为其注入活力，甚至只是从个人层面或文化层面被其赋予了力量时，你的行动就会发生。当你不理解这些概念，不熟悉或不确定如何驾驭与你所选创意写作流派相关的创作实践，甚至对这些概念所提示的个人倾向性感到不适时，你就会开始不作为。这些状况下的不作为是心理和文化影响共同作用的结果。你目前的技术能力、你所选择的流派提出的内部问题，以及你的一般意图，并不足以和你的熟练度、好奇心以及决心相匹配，支撑起你对某一题材或主题产生兴趣。

此外，当你的想法、感觉以及你从经验中得到的理解，与你的创意设想和形式间存在无法弥合的差距时，不作为也可能挤压掉你的行动。我们从前卫主义者阿兰·伯恩斯（Alan Burns）最初的创作尝试中窥见了证据，他在横跨 20 世纪下半叶的写作生涯中出版了八部小说、两本非虚构书籍和一部戏剧，其写作方式确实经常被描述为“实验性的”。他评论道：

> 我开始用一种更有压力、更做作的风格写短篇散文，试图让每一句话都表达出某些重要的东西。一段讲在地上挖洞，另一段讲一个人正在划船。我从我看到的那些东西开始，然后孤立并强化它们……我意识到，我可以永远在这里等待，等待着什么事发生，而这将引发我创作出宝贵的文段。（Gordon，1975：63）

就像成为创意作家的雄心要求你把想象力与智力相结合，你的行动同样也涉及这两个方面，这是对某种不稳定性与协调性的整合。我们可以把它想象成一个有很多神经突触的网状系统。突触是能够传播火花的交叉点，火花在这里迸发，又经由这里在你的认知与视觉间、你的思想与感觉间传播。我们所知晓的创意写作涉及的想象与批判性观点的结合体，就是由这些突触提供的。简单地说，写作是一种工具，它涉及对语言的应用，要求以令人信服的方式书写以便让它所使用的符号和象征手法能被大众广泛地识别；而创意写作既包含了对写作这一工具的想象性应用，也包含了对语言的同类应用，因此，在这一过程中，创造力和智力都在发挥作用。

如果突触间的传递没有发生，那么想象力和智识就未能在接合点上产生交互；而如果创造力与批判性知识不能让写作这一工具最大限度地被应用，那么，作为创意作家，我们以不作为代替行动也就是自然而然的了。我们看到，在创意写作教学的历史上不乏这样的讨论。我们都读过的那些参考文献，有的关乎“写作笔障”，也有的讨论了作家在识别自己草稿或作品的问题时表现出明显的障碍时刻，还有些探讨了大声朗读如何能更好地展现出一份草稿的优缺点。所有这些文献实际上都只是一种替代品，替代了对你的不作为的分析；在关键性的接合点上，那种让你有可能成为一名创意作家的突触并没有被触发。

再次，当你对一种体裁、类型、形式、风格、声调或技巧缺乏信心、不太熟悉时，你同样容易选择不作为。那些能让想象力和智力发生交互的突触，和你的信念、想法、感受、观察与感官是相联结的。在你试图描绘与你的题材和主题相关的事件、行动、反应和反思时，这种联结就产生了。不过，这种自信与熟练感通常和文章的题材与主题没什么关系，反倒更多地跟你的写作技巧与书面语言应用能力联系在一起。照此来说，与熟练度和信心有关的是你所选择的工具以及你使用这一工具的方式，而这个工具就是写作—— 一种特定的写作。当你进行创意写作活动时，你的想象力和你的智力之间的突触交换使你关于工具的选择变得复杂。不过，回顾那些基础的东西还是很有用的，随便想象一下你计划进行的活动，并考虑你对你所使用工具的熟悉程度和用好它们的信心将在多大程度上影响或支持你的活动。你可以想象一下，在没信心用好锯子和锤子的情况下试图建造一间小屋，或者在不熟悉计算机语言代码的情况下试图编写一个程序，会是怎样的结果。

写作是一种工具，而创意写作是一种特定的工具。如果你不确定如何使用这一工具，也不了解当你使用它时，它的各个部分将如何发挥作用，那么你有可能裹足不前，或在面对创意写作这一任务时最终选择退缩。你很可能会在创作过程中感到沮丧，对你的进展感到不满，或者感到自己无法解决这一过程中出现的种种技巧问题。

工具是被用来发挥各种不同功用的。人类发明并使用工具的能力，是我们作为一个物种长盛不衰的原因之一。普利策奖得主、小说家安妮·迪拉德（Annie Dillard）在《写作人生》（*The Writing Life*，1989）一书的开头曾这样写道："写作就是罗列一行词语。这一行词语就像是矿工的镐头、木工的凿子或外科医生的探针。换言之，它是你的工具"（Dillard，1989：3）。这里的"工具"既是实体的，也是比喻意义上的，因为它同时也与建构、我们的进化以及我们对这个世界的实质参与有着种种象征性的联系。作为一名创意作家，你的写作技巧和书面语言熟练程度与你抱有的信心，既要通过隐喻联想来显现，也要通过字面含义来表达。考虑到创造力的感性与超验的层面在这里与你的智识达成了联结，其中的心理深度是极可观的。无怪乎世上有那么多我们称之为"如何做"的创意写作书籍，不仅想要为你提供写作技巧上的帮助，还想让你对写作更有信心。这类书籍的作者察觉到一件事，那就是让创意作家采取行动的那种情感分析突触并不总能得到触发。但他们忽略了一点：要解决这个问题，不能只提高写作能力或强化信心；你需要厘清你的理性思维与感觉记忆之间的联系，以磨炼写作的逻辑惯例与个人世界的富有想象力的原创性之间的突触沟通。

最后，人们最好能把创意写作当作某种包含了正在发生的行动的事件来认识。事件发生在时空中。事件有一定的重要性。一个事件可以包括持续的活动、活动的模式，或是作为与不作为阶段。把创意写作看作一个事件，就可以把重点放在起因与结果上，这样你的创意写作的每一个方面都将有一个单独的综合性背景。“事件”一词的更早含义包含了“结果”这一概念，故此，将创意写作视为一个事件，也强调了你的目标是要达成某件事。换言之，你具备某种意图。每一桩事件也都有其独特性，或者说，事件都有其特征，有某种可以根据事件的栖居之处与其所关涉的行动来分析的独有状态。事件同样有其形态。就整体而言，包括了开头、中段和结尾。我们可以使用创意写作术语来谈论“事件前”“事件中”与“事件后”所发生的行动，以帮助你更好地理解你的创作模式。

创意写作事件

创意写作是一种事件，我们可以通过事件的本质来理解它。事件总是具备发端与诱因，也就是人们常说的“前因”，它不仅表明了有什么曾在事件开始前发生，同时暗示了这些东西对你来说有意义：正是它们创造了条件，使你创作的欲望转化为创作的行动。由于创意写作是一种特殊的写作类型，它的前因也涉及对这种类型的选择，因此要想获得成功，就要有意识地进行选择。这没什么特别的，因为写作通常被认为是一种系统，而作为一种系统，当然会涉及你有意识的努力。由于创意写作的动力来自创造性的阐释和艺术性的回应，因此，你可以选择的余地更大；换言之，你既可以选择特定的创意写作体裁范式，也可以鞭策自己更富创造性地去挑战这些已有的范式。

你的创意写作冲动可能来自一种观察、记忆、感觉，或者是上述任何一种与其他事物的组合。事实上，就像每一个创意作家一样，开始创意写作的原因或许是非常个人化的。日记作家、散文家及小说家阿娜伊斯·宁（Anaïs Nin）曾写道：

> 我们写作是为了再次品味生活，在当下，在回味中……我们写作是为了能够超越我们的生活，去往更远的地方。我们写作是为了教会自己如何与他人交谈，为了记录我们在这迷宫中的旅程。（Holt，2006：54）

你开始创作的前因对你来说可能是非常清晰的，又或者它们的特征、限度和影响在某种程度上被隐藏了起来，只成为你灵感、动机与激励网络的一部分。当然，你也会有你的创意写作意图，而你的个人意图可以参照其他创意作家经常谈及的目标分为几类，例如，以令人满意的方式表达情感等宽泛的目标，或娱乐特定观众等大众化的目标；你的目标同时也可能是揭示一个或多个真相，通过创作活动赚取收入，或者仅仅是简单地要记录一个事件。

创意写作这件事包含了你所采取的行动，以及那些不是由你发起、维持或控制却依然发生了的事情——比如那些不可避免会出现的意外和偶然。你固有的创作模式可以形成于任何时候，它的形成或许远早于你实际开始写作的时刻，也或许就在你开始写作的上一秒才固定下来。在不同的创作阶段，每个创意写作事件都可能导致其他事件，或与其他事件相交。你可能会把创作当作你的一天中的一个独立部分，又或者你觉得它和其他部分整合在一起。对你来说，创意写作这件事可能与特定的环境状况相关，这些特定环境关乎时间、地点、你的心理与生理状况——当它们都符合你的需要时，你的身心对你要完成的事来说就处于最佳状态。南非作家、政治活动家纳丁·戈迪默（Nadine Gordimer）在讨论创意写作事件中的心理和生理模式时说：

> 我认为这是一种习惯。就像是一种纪律，它让我有规律地工作。而在我不工作的时候，我就又还是我自己了。你总是倾向于根据你把什么落在了纸面上、你写了多少字来衡量

> 自己——所有作家都会如此。但我并不认为作品是在那种时候完成的。作品完成于别的一些时刻。有时，那就发生在平凡而日常的生活背后，当你和别人说话时，或者当你忙于日常琐碎之事——那些你不得不做的事时，你其实在以某种方式与世界会面。这时，你仍在继续你的工作。我认为这两者是同时进行的。(Bazin and Seymour，1990：18)

如果某个片刻，你感到这一事件的复杂性似乎是被夸大了，你可以想一想在创意写作的过程中，想象力和智识之间的互动是多么的复杂，而你所使用的工具又是何等的日常。我们的书面语言，它所拥有的那么多的标记和符号，是为了能被尽可能广泛地传递与感知而设计的，它们的目标就是补充我们的口语，由此在一种语言文化或群体中创造更持久的纪录。作为一名创意作家，你使用了这套书写系统，并在渴望创造与传递意义的同时，赋予这个系统更丰富的创造力、探索性与原创性。从这一角度说，创意写作这件事是具有多面性的。这也解释了我们为什么会如此着迷于那些有关创意作家的怪癖、迷信以及特定作品如何被创作的故事。当然，这也是因为一部已完成的作品的名气会把我们的注意力吸引到它背后的作者身上。但在那里，在它的背后，我们发现了创意写作这件事中的种种要素都强调实践个性化的一面。

把创意写作看成一项由你个人定义的事，你就可以更了解它所设计的各种核心要素：

➢ **结构**

你的创意写作始于何处，是什么构成了它的主体与其他部分，它最终又会如何结束？不同的项目——以及与之相关或可被纳入其中的创意写作——是否相互交错、重叠或叠加？如果有，它们又以何种方式进行，效果如何？更具体地说，你在进行创意写作时，是独立创作单个项目时效果最好，还是同时创作多个项目时效果最好，如果后者效果更好，那是因为你从多个项目之间的联系中获取了创造性和/或批判性的能量吗？

➢ **持续性**

创意写作到底需要多长时间？你可以阅读大量有关创意写作的持续性有多么重要的批判性观点。通常情况下，这划分出两种看法，一种是用努力的总量定义完成作品的质量，另一种则将持续时间与特定的创作体裁联系在一起。所有这些都并非标准化的，但通常，较长的创作时间会被和小说、剧本以及史诗的创作联系在一起，而非短诗，如俳句或十四行诗。从创意写作实践的角度来思考创作的持续时间，并不一定会带来相同的看法与态度。

从一名创意作家的角度看，特定创意写作时间的持续时间是由写作工作的总量、作者周遭更广泛的环境的影响以及作者对其所选择主题或中心的熟悉程度、创作该流派作品的经验等多种因素决定的。这里列出的内容同样并非标准化的，而是个性化的，其中的逻辑也是创意写作所特有的，而非基于成品的质量或该流派在文化经典中的地位。在创意写作的过程中，用这种方式来了解创作的持续性，可以更好地帮助你理解项目是如何开展的；同时，评估与定义这种持续性的方式，也能在你决定写作策略时提供更多信息。2016 年 9 月，雅各布·沙姆森（Jacob Shamsian）在《商业内幕》（*Business Insider*）上发表了一篇文章，面向那些等待着乔治·R. R. 马丁（George R. R. Martin）的《权力的游戏》（*A Game of Thrones*）更新的读者。他指出，马丁“以每天不到三页的速度写作”。该文章中包含一张信息图，该图显示了作家在写作时间上的巨大差异：在光谱顶端的罗伯特·路易斯·史蒂文森（Robert Louis Stevenson）仅需要 6 天就能完成《杰基尔医生与海德先生奇案》（*Strange Case of Dr Jekyll and Mr Hyde*）这样的作品；而在光谱的另一段，塞林格（J. D. Salinger）的《麦田守望者》（*The Catcher in the Rye*）则创作了整整 10 年。（Shamsian，2016）

➢ **跨度**

无论你在创作中是否有过那种前所未有的、具有颠覆性且不寻常的经历，这些经历都应当是只会发生一次的，且通常不会持续太久。有关这些经历的例子有很多。例如，你在创作的过程中第一次造访了某个地方，或者你尝试了某种新的创作技巧，或者你为自己订立了一个目标，去应对一个你以前从未触碰过的话题。你的这些写作经历也可能是反复循环出现的。就创作活动的这种特性来说，从开始写作初稿到最终定稿的过程中，你的创作方法都可能有一种相对固定的模式。最终，在你的创意写作事件中，有些片段可能根本不是偶发的，而是一系列有联系的行动中的一个组成部分。在这个意义上，你的创意写作事件必然包含了你的日常生活、人际关系与工作模式的方方面面，且会在相当长的一段时间里保持不变。了解颠覆性、反复性和持续性的互动关系，有助于你理解其中每一个方面在你的创作过程中所扮演的角色与造成的影响。

➢ **秩序**

你的创作将是一个有秩序的事件。这并不是说你的每一次写作经历都要有着相同且固定不变的秩序，也不意味着你要忽视外部影响和偶发状况。简单点说，创意作家会试图为创意写作订立秩序，从总体上来说主要是因为想象力与智识之间的互动具有流动性，且会被创造性地赋能，而写作涉及的又是一个明确的、可被共享的交流与表达系统。秩序能够帮助你把创造性与批判性结合在一起，以达成你的目标。

➢ 行动化

创意写作涉及了创意作家与读者或观众间的交流，这件事同时也涉及了某种演出，或者你可以把其当作一种面向公众且不断持续的展示会（没有它，创作就将只是你的个人想法、感受与对世界的回应）。请将创意写作活动视为一种演出，它把内容从内部世界带到了外部世界，精心编排这些内容以吸引他人，利用声音、语调、角色（叙述者角色）来推动演出，确保这件事能被实施。诗人、回忆录作家兼歌手玛娅·安杰洛（Maya Angelou）提及了这种关于“演出”的想法，她说：

> 我为“黑人之声”和任何能听到它的人写作。就像是作曲家为乐器谱曲、编舞者为身体创作那样，我寻找声音、拍子与节奏，让它们能够通过声带，从黑人的唇舌中发出。(Evans，1985：3-4)

➢ 参与

你是你的创意写作唯一的参与者吗？有些创意作家会在整个创作过程中都和别人合作。也有些作家会在某些时候邀请家人、朋友或同事作为组成“团队”的关键成员，阅读草稿，讨论自己的描写对象或主题。他们甚至会把家庭或社区成员的态度、外形与关系作为其虚构作品的创作原型。1934 年，斯科特·菲茨杰拉德（Scott Fitzgerald）曾写信给文学评论家克里斯蒂安·高斯（Christian Gauss）——一位与菲茨杰拉德频繁通信的记者。信中，他说："有时候，一名作家只为特定的人群创作，而其他人的意见对他来说几乎是无足轻重的。"显然，菲茨杰拉德在声明他不希望受到外界批评意见的影响！

你参与创作活动的积极性也会随着时空变化而变化。你或许会花费大量的时间筹备一份草稿，却又只花很短的时间重新起草它。又或者，你是那种会立刻写下初稿又在未来多次修改的创意作家。创作策略让人想起技巧上的偏好——这与你对如何塑造一个想法、进行一次想象力的飞跃、讲述一个故事或回忆并创造一个形象的个人感觉有关。在创作活动中，致使你选择更多地参与其中某个特定元素（而非其他一些元素），这既有心理上的原因，也有审美方面的原因。这种选择无关对错：尽管有关创意写作涉及艰苦工作的说法，常常把作家描述为从事写作的一丝不苟的工匠。诚然，苦心孤诣地对待创作的每一个组成部分的作家也不少。这些对作家的想象并非不真实，只是不够具有普遍性或一致性。事实上，艺术实践与交流实践远比这种描述来得个性化。

由于创意写作是在时空中发生的一种事件，具备一定的活动模式，且总是包括某些特定的肢体动作或其他等价物，其形态由其持续的时间和进行的顺序决定，所以我们可以根据我们的创意写作活动是发生于事件前、事件中还是事件后，来对其进行考察。

预创作（pre-creative writing）包含那些按照时间顺序成为你创作前因的行为。换句话说，虽然它们不是你创作的发端或诱因，但它们促使你置身于某地，或开始思索某个故事或形象或人物，或对某一事件进行调查，或对某一主题进行更多的探求，或阅读一些影响你的思维或情感的材料，或与某一历史事实进行接触，或让你对接下来的创作行动持开放态度。简单来说，预创作是指发生在创意写作事件前的活动与行为，它可能在某种程度上与创意写作有联系，为写作本身提供了一块腹地，并将你的创意写作这件事置于某个大背景之中，这样，你或许就能够从其发端到结束点理解你的创意写作的创作层面。

创意写作本身，可被认为开始于你与写作项目直接相关的活动；而其结束，则是你以某种方式对你的作品放手。你放开了你的作品，这可能是因为你认为你已经为这部作品做了尽可能多的工作，而你也能够忍受它的完成，又或许你觉得这部作品已经够好了，因为它已经达到了出版或发布的水平，或者已有人要求你交付这些东西以供出版发行，又或者你的预期观众或读者就在你的眼前，你必须完成作品以向他们交差。你的创意写作在这里看上去是单一的，但是，多个项目也可能相互重叠，影响或启发彼此。在创意写作中，你的行动包含了两件事：想象参与和智能评估。你的行为模式或多或少是有迹可循的，有些行为可能来源于你长期以来的实践，也有些行为是你的创作活动循环的一部分，一项行为可能会由另一项行为触发；同时，也有一些行为在面向特定项目时会扰乱你的正常实践，或带来新的创作模式，或将你以前从未有过的想法或感受与从未进行过的调查带到前台。

后创作（post-creative writing）是指创作活动后的事件与行为，其往往也指活动后你的种种反应。从身为创意作家的你的角度来看，后创作可能包括了你对自己本来已完成的作品的评价，有时，你会在概念上把它视为“未完成”的东西，哪怕你没有真正再次着手修订这个作品，只是在想象你会不会做些与当时不同的事。后创作阶段会让你发觉你的实践中的一些新方面——至少，通过回顾最终的作品和为其打下基础的草稿与辅助材料，你可以观察到你在实践过程中没有注意到的地方。你或许会发觉自己采取了和以前不同的创作方式，或者意识到有些不为你所知的东西对你产生了影响。后创作阶段也是你有可能公开且即时地，或以其他方式回应他人对你作品做出的反应的阶段。理所当然，他人的大部分反应都出现于这一阶段，所以在这一阶段，你可能会思考这些批判性的观点，回应他人的批评，或考虑他人的观点是否和你自己的一致。在某些情况下，后创作阶段可能是你的下一个创意写作项目，或者说下一个创意写作事件的发端，这也许是因为你意识到了你仍希望更深入地探索某一主题、感受或对世界的某种回应，也或者是因为你在写作过程中发觉了其他主题、感受或反应，它们却与你先前所开展的项目并不兼容。对于创意作家——那些只有继续进行创作才能保有这个称号的人——来说，后创作阶段与其说是一场暴风雨的休止，倒不如说是新的创作事件的发端。无论是否从之前的创意写作中学到了东西，这一历程都会影响到作家在未来的行动。

行动和行为

我们可以在这里区分一下行动（actions）和行为（acts）。你的创意写作行动是单一且具体的。也就是说，你做了那么多的事，每一次行动都有各自的特点、目的和预期结果。虽然你的每一次行动都是独一无二的，但这些行动都会以其他行动为背景，每一次行动都在某种程度上反映了你的思想、感情，以及你在创作中的技术能力优势。

创意写作行动数量众多，其中有一些是广为人知的。这些广为人知的行动包括运用你的书面语言的基础知识创作可识别的语法单元（例如，短语、从句和句子的形成），以及以出版传媒从业者都能够辨识的特定形式发布创意写作最终作品。其他一些创意写作行动则更为神秘，具有鲜明的想象力与幻想性，甚至可以被描述为超验的。这些由想象力赋能、把书面语言这一相对日常化的工具转变为一种创作工具的行动，贯穿创意写作的始终，构成了创意写作这一独特的写作形式的基础。

你的想象力行动可以包含许多方面，例如，在探讨某个关于特定主题或对象的问题，或构建一个作品时，在思想与行动中构建起隐喻式的联系。隐喻在维持与字面含义的联系的同时，转移了词汇的所指。借此，它深化了对事物或现象的考察和理解。故而一首试图揭露政治不公的诗歌会讨论自然界中正义的各种层面，而一部小说可以参考郊区街道的物理形态和运动来建构。隐喻性创作可被认为是一种想象力行动。想象力行动还可以包含那些不确定的变化。那些你或许会问的“如果……会怎样”的问题，它们可能没什么证据支持，但通过在创意写作中提出这些问题，新的思维和更活跃的感觉的大门便足以被打开。跨越不同的主题，或在内容间建立起新的联系，同样是想象力行动的结果。

从以上这些方面来说，创意写作行动包括创造力参与的行动和智力参与的行动两类。实际上，创意写作是行动、思想和情感的交织。此外，由于这种需要身体力行的活动也强调了某种熟练性，因此，创意写作不仅仅被描述为一门“艺术”，也常常被描述为一种“手艺”，以强调创意作家的手头功夫。这一概念是说，作为一名创意作家，你所拥有的所有想法和感受都被握在你的手中，尽管不是所有的创作活动都要求你用上你的双手，而我们用以进行创作的设备如今也有了很大的发展，但把创意写作当作手艺的说法仍强调着你身体上的行动。

行动指的是个人的、具体的事件，行为则被定义为你的行动在作品序列或演变过程中的累积。就像在舞台剧、歌剧或电影中那样，一种行为与角色的行动或人物弧光、情感或思想的演变模式，乃至于解决问题的步骤相关联。将创意写作视为一个事件，可以让我们更好地关注这一事件中的各个片段，以及每个片段所包含的所有要素。辨认行为则可以帮助我们确定一系列行动之间的关联，以及你的创作内容与你为了产出这些内容而付出的劳动间的关系。换句话说，创意写作行为既可以指涉你所创作的作品的内在部分，也可以指涉你用以推进你的作品，使之走向结局的一系列创作行动。

我有个好理由来让你思考这种“包含了行动的行为”的创作模式。从本质上讲，起草、修改、编辑等行动，既是向前的，也是横向的。你在前进时一直带着完成作品的意图，同时，从整体上你也在不断地接近你的目标，有时这种悬臂式的移动是为了更好地支持这部作品未来涉及的事件或参考。当你起草、修改和编辑时，你的创作行动既寻求抵达终点，又要确保之前的行动能支撑你一直朝着那个终点前进。可能你在开始创作之前已经精心策划好了整个流程，也或许你根本就没有任何计划，而你的第一项创作行动就是打草稿以确定你作品的意义。在后一种情况下，你可以一边创作作品，一边从中学习；而在前一种情况下，你在创作开始前，就已经学习了相关内容。你可以通过你在打草稿阶段的行动或你在修订阶段的行动确定你的创意写作行为：前者是事情还具有相对流动性的时期，大部分的东西还在流变和演进的过程中；而后者的目的是完成作品，再次确认，并增强部分或全部元素的力度。

创作行为包括一系列行动，但这些行动也可以是重复的。通常，这种情况被当作一种创作共鸣，你把同样的写作技巧应用到了不同的创作部分中。举例来说，你想在作品中的特定位置加入背景说明，或者使用比喻性的语言。你或许也会在某种类型成规的流线中引入上升的行动。在创作一首诗时，你可以把形式结构和建构方法联系在一起，贯穿你的创作方法去使用重复的结构特征。

在某种程度上，你必须采取行动才能成为一名创意作家，因此，创意写作归根结底就是你的行动。小说家菲利普·罗斯（Philip Roth）认为，此类行动可能不会立即带来回报，他评论道："我经常要写上百页甚至比这更多的文章，才会得到一段富有生机的段落……我寻找生动的内容来定立基调。"（Plimpton，1986：271）

为了更好地理解你的行动，并进一步地发展它们，以更丰富的知识采取行动来实现你的意图，你可以尝试分析你的创意写作事件的结构。它是什么时候开始的？什么构成了它的主体？这一写作事件又是如何结束的？在你看来，创作需要多长时间？在这个事件中，你的哪些经历是开创性的、颠覆性的和不寻常的，哪些经历是反复出现的，又有哪些部分是在较长时间内持续存在的？这种关系的模式是什么？在你的创作活动中，这些片段经历的次序是怎样的？什么样的行动和演出会将你的个人想法和感受展示给公众？谁参与了你的写作——只有你自己，还是还有其他人？最后，你的行动，即你所做的一系列个体事件是什么？以及，这些独特的或在你的创意写作中反复出现的行动是如何引入一系列的行为中的？

探索行动

- 创意写作这件事是由行动组成的，这些行动会引起各种不同的反应。创造力和智识之间的流动性意味着其中一些反应是想象性的，另一些则是分析性的。

- 任何事都发生在时空中。创意写作也不例外：它也是一件有具体的时间跨度、包含了有次序的行动、发生于某个地点的事。这个简单的观察让我们能够探索任何创作瞬间的背景，并思考我们为什么在做我们正在做的事情。

- 由于创意写作是一种特殊类型的写作，因此，思考你在这一过程中的行为以及你在任何一种行为中采用的技巧即你的动机，这是十分有用的，因为其中既包含了写作系统中的普遍行为，也包含了其他超越性行为。

- 不作为有其根源和诱因，理解这些可以帮助我们解决问题。如果你不采取行动，你就不会成为创意作家，毫无疑问。

3 情　感

- 感觉、信念、动机
- 情感、情绪化、情感化
- 情感价值
- 探索情感

感觉、信念、动机

在正式的研究分析中，人们总是认为轶事缺乏批判深度，从而轻视它们。不过，也有一些学者认为，轶事能以结构化的正式分析所不具备的方式展现个体经历，与个体建立起个性化联结。考虑到这一点，在一个以“情感”命名的章节中讨论轶事，似乎是很合适的。这里就有一则轶事：

大约 20 年前，一个著名的图书类电视节目要求几位文学小说作家尝试为出版商 Mills & Boon 创作小说。Mills & Boon 是一家广为人知的言情小说出版商。该公司成立于 1908 年，总部设在英国，每年都会出版数百部类型化的言情小说。这些言情小说大受欢迎，同时这也淹没了另一种声音，即许多批评家们认为这些小说不仅过于公式化，还以各种不恰当的方式描绘了女性和性——

从粗俗的刻板印象到对强奸幻想的积极鼓励，不一而足。读者的热烈反应使得这些小说成为世界上最受欢迎的创意写作作品，而一些批评家们却彻彻底底地谴责这些作品，这种反差赋予了相关研究别样的吸引力。不过，图书类电视节目最感兴趣的还是下面几件事：如何创作这些作品，谁能够写好这些作品（因为“能写好 Mills & Boon 的小说”有着独特且相对明确的内涵），以及这种创作能在何种程度上被不断复制。毕竟，如果这些作品真的是公式化的，且只蕴含了对情爱关系的最简单阐释，那么任何一位有能力的创意作家都应该能写出这样的作品，不是吗？

因此，该节目挑选了四位作家参与这个实验，他们都已出版过极富文学价值的小说。Mills & Boon 为新入此道的作家们提供了专门的指导方针，其中还附带了针对单一系列的额外建议，这些系列包括了“医疗浪漫”（Medical Romance）和“复古”（Vintage），还有“烈焰”（Blaze）——一个特别着重性爱主题的系列。可以说，那些潜在的 Mills & Boon 系创意作家可以得到的支持是相当可观的。几个星期之后，该电视节目邀请四位作家回到了片场，让他们谈谈自己这几周的创作经历。结果，他们的创作成果都不算太好，尽管程度略有不同。

如前文所说，意图是创意写作的关键组成部分，行动则是另一个。不理解你的意图是什么以及为什么你会产生这种意图，也不实际地根据你的意图行动，通过去行动最终获得身体上的一些反应，创意写作就不会发生。但之前我们没有提及的是，创意写作在某种程度上也有赖于你的感情投入，因为人类的想象力和创造力超越了逻辑和理性，它们会调动大脑在进行逻辑运算时用不到的地方。考虑到上述内容，那些被要求为 Mills & Boon 创作小说的作家在无法对任务本身有情感投入的情况下遇到了困难，或许也就没什么奇怪的了。

这四位尝试创作这种特殊类型的言情小说的作家，无一例外地报告了不同程度的失败。其中三位作家几乎是彻底地失败了。这三个人都表示，尽管他们在此前的个人创作中都证实了自己具备优异的创作能力，且在这几周内多次尝试着推进他们的“Mills & Boons”“小说”创作，但他们并未取得任何值得报道的进展。他们也都表示，Mills & Boon 提供的那些指导方针很难帮到他们；虽然那些方针已经足够明确了，但至少有一个人表示“他无法认真对待那些指导性的内容”。第四位作家的情况则有些不同。截至节目拍摄时，他已经取得了一些进展，并表示他甚至在考虑要尝试着完成他所创作的那部作品。他不确定这是不是公司所需要的，也不清楚他所写的内容是否合乎要求，但他认为，他至少可以完成这部作品，再看看其他人对此的看法。“被研究的困惑”（studied bemusement）可能是描述他对这一实验的反应的最好方式。他相信，自己已经设法让这种创作更适应他自然的写作偏好，同时也符合 Mills & Boon 的指导方针。不过，他不确定这样做的价值，也不确定自己是否会再次做同样的事。

非常明晰且因为这个故事而变得更加明晰的一点是，这些创意作家对 Mills & Boon 的小说毫无信仰，他们在创作这样的作品时并没有投入感情，他们尝试创作这些作品的动机是人为的，他们无法从中获得满足。尽管他们可能掌握了相当丰富的创作技巧，但他们中的大多数都无法用这些技巧去弥补那种对努力缺乏感觉所造成的信赖鸿沟，而唯一取得了进展的那一位作家也在质疑自己关于结果的信念与继续下去的动机。

感觉、信念和动机也是创意写作的一部分，因为创意写作是一种特殊的写作形式，其既要处理有形的东西，也要处理无形的东西。有形的东西，包括了创意写作技巧和图式，像是情节、人物、背景、阐述；无形的东西，则涵盖了创意写作过程中被探索的你的认知、感觉与想法。考虑这些无形的东西会让创意写作受你的情感影响。情感是有意识的，且会以心理和生理两种方式表现出来。

➢ 感觉

“感觉”和“情感”这两个词有时是可以互换的。不过，情感涉及某种会带来有意识的评估并最终催生出反应的心理进程，你的感觉的内在逻辑却并不是这样的。不过，它仍是一种反应。感觉通常是极个人化的，情感则可以用更普遍也更符合人类本能的方式来描述，即使我们这里所说的情感也被赋予了你个人的表达并被具体化（embodiment）。你的感觉就是你描述和回应你的情感的方式，从这个意义上说，这些描述也受到了你的个性与经历的影响。被一个人描述为恐惧的东西，可能会被另一个人描述为忧虑，尽管他们接收的感觉数据是一样的。这些对感觉的描述并不是简单的标签，因为这些描述塑造了我们与周围世界的联系，并决定了我们如何对我们所拥有的感官体验和所接受的信息做出反应。

创意写作涉及双重的智能处理过程，从这一角度说，它与情感有关。同时，创意写作也利用了创造力以及对想象的无形的反应，从这一角度说，它又与感觉有关。小说家、诗人和翻译家弗拉基米尔·纳博科夫（Vladimir Nabokov）在谈到作者与读者的交流时，这样回忆道：

> 在我看来，从长远来说，诗歌之精确性和纯粹科学之激

> 情，是否能达成两者之融合，是检验一部小说质量的一大标准。为了沉浸在这种魔力中，一位智慧的读者不是用心，也不是用脑，而是用脊梁来阅读天才之书。（Nabokov，1980：6）

考虑到写作涉及理性的行动，为了写作，你要像理解你的情绪那样控制你的感觉。你的感觉是由外部环境和你的记忆所激发的。这就是为什么对创意写作来说，理解感觉并不总是那么容易。这不仅仅是一个关于技术力或才能的问题，也是一个有关理解和控制感觉的问题。以 Mills & Boon 的实验为例：实验中的创意作家们的回应都是基于情感的，他们推进着任务，规划着结果，同时又抗拒着这些事，这一努力的过程会让他们产生某种反应，基于俗话所说的那种“本能反应”。他们也缺乏信念。

➢ 信念

创意写作在几个不同的层面依赖着信念。首先，创意写作涉及对怀疑的悬置，以便让创作者更好地探索情境、场景以及虚构的人物和地点，它的目的是要阐明、检验、揭示观点、事件和心境状况。但如果这里没有信念，那么作者与读者就会在将其悬置的这件事上达成共识，而这一训练也就没什么意义了。其次，你对创意写作的实践过程与结果本身具有某种基本信念。从事这样的创作是你的有意识的选择，那些无意识的“偶然的”创意写作往往和其目标不相适配；而相信你的创意写作是有目标的，并且认为这个目标值得，就表明你的创意写作是一个有意识的选择。再次是对创意写作的特有元素的信念——例如，对你选择的体裁以及它如何与你的意图相关联的信念，对此类写作在想象力和智识间流动的方式的信念，以及对你创作完成的作品最终到达读者/听众一端的方法的信念。这种信念也可能来自你对特定的创作技巧与流程所抱有的信心，这与你对它们将产生的影响与效能的信任度有关。最后，你对结果要有信念。你不仅要信任你的创意写作活动的实践过程，还要相信它会达成你的预期结果。这种信念是让你维持自己创意作家身份的关键。对内容的探讨，对主题的思考，对新的或者更难的写作技巧的探索，或者仅仅是创作中所要付出的苦工，都要求你有某种持续的动机，并持续地行动。

➢ 动机

仅仅是相信某事并对此有积极的感受，并不意味着你真的会为此做些什么。对创意写作怀有积极的感受当然会增加你从事创作的概率，但你的行动与你的动机更有关系，后者从广义上说，是一种支配力，或者“强烈冲动”。1937 年 3 月，讽刺作家、传记作家、记者和著名文体家伊夫林·沃（Evelyn Waugh）在《纳什·帕尔美尔杂志》（*Nash's Pall Mall Magazine*）发表了评论文章。考虑到他个人的才华，以及这本自 1893 年就开办的杂志在五个月之后的停刊，这件事颇有一些讽刺意味。他这样评论道：

> 我被迫从事写作，因为这是一个懒惰的和没受过良好教育的人能过上体面生活的唯一途径。我不是在抱怨薪资问题。在我看来，它们总是高得不成比例。我最介意的是工作本身。（Holt，2006：66）

你想要成为创意作家的原始动机可能受到很多因素的影响，从生理上的原因到文化方面的原因，不一而足。这些动机既有内在的，也有外在的。对你来说，这一切可以从你最基本的需求开始。例如，你把写作当作个人生存策略的一部分——创意写作可以为你带来收入。在这种情况下，你的写作显然是与你作为人类的基本需求相关联的——这不光包括你的写作活动本身，也包括你所从事的其他相关活动，比如教授创意写作或其他同源领域的课程。

这种生存需求并不一定是大多数从事创作的人的最核心的动机，因为大部分创意作家并不把写作当作自己赖以为生的主要工作。不过，把写作当作一件努力才能成功的事，这种普遍观念也将同样的职业道德带入了理想动机中。因此，尽管你的动机可能与直接的生存策略或者你的基本需求无关，但社会仍认为创意写作涉及大量的、耗时的、个体投入型的劳动，这也让创意写作实践具有了与之相似的意义。

当然，非财务性的、与基本生存需求没有直接关系的奖励也可成为一种激励。创意写作的回报可以是非常个人化的，例如，重温珍贵的记忆，想象另一种有趣的或能带来效益的情景，以及试图通过分享经验、想法和情感与他人建立联系，这些都可以成为一个人的动机。在文化层面上，创意写作通常被认为是一种备受尊敬的实践活动，因此它也会带来令人满足又鼓舞人心的名望。除此之外，创意写作还是一种指向未来的实践活动——最明显的证据是，当你正在进行的创作完成之时，一部已完成的作品将出现在你面前。这样一来，它就涉及了对未来的期待和对成就感的预想，这种期待和成就感来源于创造力，或者说创造力所主导的创意写作的积极文化地位，也来源于一种意识，即能够良好地运用书面语言并以此成为一名创意作家是一种宝贵的个人和社会能力。

创意写作涉及你的情感、思想与创造力的活力，这种活力是一种刺激；而对新奇感以及与创造力相关的原创性的关注，则会带来一种更新感。这些事物会激活你的动机并为其进一步赋予生机。此外，由于书面语言并不总是以这种方式活跃并被用以创作，这些创意写作生成的特有状况使得与之相关的活力更富唤起性。就此来思考，你的创作行动可以说是在激励、在复苏、在唤醒。有一种普遍被认同的观点是，如果我们的创意写作无法使我们自己活跃起来，那么它也无法使我们的读者或观众活跃起来。这种观点在创意写作教学中也常会听到。这一真理根植于动机的心理学和生理学机制，因为我们人类会追求能刺激我们精神和身体的更高的体验。体育运动与其他各种各样休闲活动的流行，同样提醒了我们人类行为中的这一要素。然而，创意写作还带有智力参与和交往能力等额外的独特要素。作为一门艺术，它的地位表明了个体的重要性，以及人们对分享经验、想法、观察和发现的渴望。

情感、情绪化、情感化

你在网上看到了一首诗。它缺乏有趣的内容或吸引人的主题，使用了过多的描述性词语与形容词，似乎试图加以限定，但最终却几乎完全不能唤起、澄清或阐明任何东西。就你所看到的最终出版稿来说，这是一首失败的诗。虽然你能感觉到作者想要描绘的是一些感人而深刻的东西，但诗歌本身并没有打动你，同样也未能传达任何实质性的内容或主题。

结果，就在不久之后，你遇到了创作这首诗的诗人。也许是试探性的，正在尴尬的时候，你提到了你正好在网上读到了他写的那首诗，并点出了诗歌的名字。这时，诗人告诉你，这首诗的写作是他迄今为止写作生涯的巅峰，他希望你喜欢这首诗，这首诗用他想表达的方式表达了他想表达的一切。

这到底是怎么回事？

当然，一首过度渲染的诗歌与一个矫揉造作的诗人的故事是有点老套。在所有的创意写作体裁中，诗歌是最常被描述为煽情又矫情的那一种。但事实上，任何一种文体都可以出现在这样的故事中。一首诗，至少在满足作者意图这一点上，是可被作者主观地判定为成功的或失败的。显然，故事里的那名诗人认为这首诗对他来说是成功的。就此，这个故事也就暗示了一点，即作者的情感投入不能等同于作者与读者的成功沟通——在这里，你就是那个读者。

虽然在上面的故事中，我们可以看到文学分析观点（即基于最终文本给出的那种否定反应）和创意作家观点（创意作家基于作品是否达成了他们的意图而做出的积极反应）都具有有效性，但作品的公共性质（即作品已被公开地发表于网络上）表明，根据作品是否能和读者达成交流来评估该作品是否成功是完全合理的。

这是一项复杂的判断，其涵盖了作品是否能在感官上吸引读者，是否可以被定义为“美”，是否尝试着通过创意写作来传达某种东西，其目的又是否已经达到。每一种判断都是可以与他人分享的，读者会就其中一种达成广泛的共识，或者，你可以把这种判断视作个人化的——这首诗只对特定的读者有吸引力，对其他一些则不然。它偏离了“情感”这一主题，而更多地涉及与判断相关的问题。就这一问题来说，康德（Kant）的经典著作《判断力批判》（*Kritik der Urtheilskraft*，1790 年首次出版），已为进一步探讨与目的性和反思等概念相关的判断力批判提供了一个有效能的起点。但本书的关注重点是情感以及身为创意作家的你的情感投入。这首发布于网上的诗歌的例子强调了重要的一点，这一点就是：当创意写作的目的是与他人交流时，它就不仅仅是由你的情感所主导的感觉倾诉；相反，创意写作需要你去构建书面语言，因为这种书面语言依赖于群体性交流，也因为如果你试图传递你的思想、感觉、观察与想法，书面语言必须要能够传达给单一群体或个人，故此，创意写作不能以情感倾诉为主。这就意味着，为了让你创作的作品获得一定的受众关注，你必须能够理解并触碰隐藏在你感觉背后的情感，并理解其他人对这种情感语境的反应，再尽可能成功地运用你的技术能力和知识，基于你对特定的创意写作体裁和类型的理解展开行动。

想象力是创意写作的核心与特色，它既有可能帮助也有可能阻碍你投入和运用你的情感。这是因为，想象力必须强烈地激发并利用感觉。它必须如此，因为要创造出不是立刻可得的事物与活动的心理图景，就需要一种强度超乎寻常的心理活动。你的创意写作依赖于这样强烈的感觉和你的情感投入，与此同时，你需要通过一种表达和交流模式来引导这种感觉和情感投入，这种交流依赖于你的组织能力和表达方式，而不能单靠情感倾诉。

想简单点的话，这可能也解释了为什么创意写作并不是人人都想要去做的事，也并非人人都能做好。成功地为你的想象力赋能的强烈感觉，以及进行写作所必需的书面沟通能力，二者之间的传输表现了对某一特定类型的理解。我们可以通过所谓的情绪智力（即通常所谓的“情商”）来思考这种理解。

情绪智力（emotional intelligence，EI）是一个诞生于 20 世纪 60 年代初的术语，用以描述一个人识别自己和他人的情绪，然后利用这些信息来指导自身反应和行动的能力。EI 测试将自我意识和同理心纳入在内，其被认为是一种比智商（intelligence quotient，IQ）测试更协调的行为测试，因为它可以更好地帮助预测一个人的领导力和这个人在职场或社会中成功的潜力。起源于 20 世纪早期的智商测试则被认为是相对抽象的测试，其对智力特征所进行的升序排序一定程度上歪曲了智力的本质。史蒂芬・杰伊・古尔德（Stephen Jay Gould）在他的《人类的误测》（*The Mismeasure of Man*，1981）一书中质疑了这些与智商相关的因素。

关于情商的探讨，最著名的是丹尼尔・戈尔曼（Daniel Goleman）于 1995 年出版的《情绪智力：为什么它比智商更重要》（*Emotional Intelligence*：*Why It Can Matter More Than IQ*）一书。而情绪智力似乎确实也提供了很多东西，帮助思考创意作家的强烈感觉与正式交流层面的写作之间的传输活动。然而，“情绪化”这个词既可以用来指涉人情绪高涨的一种状态，同样也可以定义容易情绪爆发的一类人。这两者通常都并非你所寻求的。你需要传达感受以理解自身情绪，或将这种理解投射到你的作品，通过创意作品将其传达给你的潜在读者或观众。情绪智力这一概念提供了一个起点，用以在创作前或创作后分析你是否有理解情绪的能力，并知道如何将这种理解运用到你的创意写作中。更进一步说，写作不仅为判定你的情绪智力提供了证据，同时也最准确地反映出了你对你的情绪智力的运用能力。“情感化”这个词则与你的情绪表达有关，它也指涉你诉诸情感的能力。如果你的创作的目的是为了与除你自己之外的受众交流（当然，这也包括对你自己和他人的情感的理解），那么它确实与你的情绪智力有关。不过，这种写作活动涉及的行为是关于表达的，其特别涉及运用书面语言的方法，这种方法在运用强烈感受而使想象力发挥作用方面是与众不同的。情感智力（emotive intelligence）就是被这种方法所指导的基于行动的情绪智力。就像希望获得读者的创意写作一样，它同样也关注表现力。情感智力是创意写作事件的活跃信号，因此，对其的应用性理解将影响你对技巧与表达方式的选择。

作为使创意写作成功的关键点之一，情感智力包括了对你的感受以及对这些感受所代表的情感的理解能否通过书面语言传播的评估，而你也将借此找到你的目标受众。对创意写作来说，这指的是你启动、打草稿、修订等使作品趋于完成的行为与行动的方式，以及这些行为与行动在你的个人感受与表达和他人的感受与理解间架起桥梁的方式。你的情感智力将受到你的意图指导，当然，它和行动也不无关系，但它总体上还是你的决策制定与策略选择的一部分。这里所说的决策包括对类型、声音以及在何处发布你的创意写作作品的选择；策略则包括让作品看上去或听起来如何，如何让句子和短语在作品中发挥作用，如何将作品中的各个部分联系起来，以及如何让作品与作品之外的情境、事实和事物联系起来。

对情感智力感兴趣的不仅有创意作家或创意写作领域。我们所使用的这种书面语言以其约定俗成的符号、结构、系统的特点和规则，并不一定是我们通过想象表达我们的强烈感觉的最开放或最具流动性的媒介。要使它成为一种创意写作可用的媒介，并赋予它为想象提供支持的能力，就意味着要学会评估个人的感觉，并权衡如何将情感注入这种书面语言中。创意写作中的情绪智力当然也涉及了对同样是口语的一部分的语法结构与词汇的选择；但特别需要我们注意的是，这样一个普遍被书写并传播的标记或符号系统要怎样才能成为人类感觉交换的媒介。

情感价值

有两件事是很清楚的。首先，作为一种表达方式，创意写作是有价值的，它为你提供了一种表达和记录你的感受、想法和你观察到的东西的方法。乔伊斯·卡罗尔·奥茨（Joyce Carol Oates）说：“把你的心写出来，永远不要为你的主题和你对主题的热情感到羞耻。”（Oates，2003：23）如果你的意图就是为自己写作，你的创意写作的价值就将由你根据你在这一事件中多大程度地表达了自我，以及将多少表达封装进了最后的作品中等来定义。其次，对于观众和读者来说，创意写作所产生的作品是有价值的。作为一名创意作家，你有足够高的情绪智力来将你的个人感受，以及那些定义了你的情绪的个人反应转化为可与他人交流的内容，并利用写作这一艺术工具探索主体或对象，最终让作品到达会对你展现出的技巧与想象力做出反应的关键受众。它完全有可能满足你自己和你的读者或观众的需求。这些层面都不是排他的，尽管如此，一名创意作家更喜欢自己不那么受欢迎的作品而非广受欢迎的作品。这并不罕见。这是因为，作为一名创意作家，你对创意写作的评价是基于你的个人欲望和你所定义的意图能否被满足，以及你在创作过程中收获了多少乐趣。读者的反应则几乎完全是由他们对最终文本的体验来定义的，他们通常几乎不会参与到作品的创作中，他们的反应与自己的阐释与品位有关。对他们来说，作品要满足他们的而非你的需求和渴望。任何能够成功地搭建起个体感受经历与更广泛的读者群体之间的桥梁的创意作家都通过事实证明了作者具备的某种程度的情绪智力，证明了想象力与创造力的迷人，也证明了书面语能给众多人类带来的熟悉与舒适感。

这也是我们常常用艺术或手艺来描述创意写作的原因之一。有时，就像《漂浮的歌剧》（*The Floating Opera*，1956）等小说的作者约翰·巴斯（John Barth）的评价一样，我们也强调其他的词汇。巴斯说，考虑到意愿和机遇，有着任何天赋的人都必然会选择磨炼他们所拥有的技能，无论那技能是写作还是其他门类的艺术、手艺或技能。（Barth，1995：24）

从定义上讲，手艺是指某种涉及制作和技能的东西，它被认为是一种手工技能，也通常被认为是一种贸易技能。艺术也涉及技能，但艺术更强调的是创造力和想象力的审美价值。艺术能够通过感染力、美感、对感官和心灵的碰触成功地触动情感，这也是艺术区别于手艺的一大特点。手艺强调熟练度，而艺术从观念上更重视吸引力。由于创意写作涉及对书面语这种常见的工具的应用，而这种应用有时又是以不寻常的方式进行的，因此，它既显示了你作为创意作家的熟练程度，也证明了你创造具有审美吸引力的事物的能力，并由此使你具备了双重身份。

因此，我们可以把那种写作熟练度方面的成果列入“手艺”的范畴中，例如一篇文章的节奏的创造、保持和变化，或对一个或多个形象的选择和塑造，或对共鸣的运用，或对类比、对比、夸张等修辞手法的运用，或对观点的选择和对比。我们可以把各种美学特征如作品的对称性等列入“艺术”的范畴中，如一个故事或一首诗歌通过遣词造句表现出来的某种创作质感，或一个场景因论述、描述和叙事良好的配合而展现出的和谐性，或一部作品因其中人物或描写的对比而具备的多样性和趣味性，或一个主题焦点所带有的刺激性的吸引力。

然而，在创意写作领域讨论艺术和手艺的意义并不在于把两者区分开来，而在于如何让两者相互作用。

你，作为一名创意作家，是这两者之间的互动的创造者、发起者与维护者。你的意图表明了你想做什么，你的行动确保你真的去做。而如果你希望寻找到读者或观众，你那由情绪智力的强度与深度所确定的情感投入就在寻求与他们之间的共鸣。这种共鸣既是个体的，也是公众的。即使是单一个体之间的交流，也是人类宝贵的情感纽带的具象化。

探索情感

- 感觉、信念和动机都是创意写作的组成部分。其中任何一者的意义都在于帮助作为创意作家的我们更好地关注我们的行动。具体来说，你对个人情感的描述就是“一种感觉”；而能让读者或观众对你的作品产生共鸣的，是你将个人感觉转化为可识别情绪的探索的能力。
- 创意写作能激发你的感情、启迪你的思想，它依赖着同时也表达着你的信念。
- 想要通过创意写作达成与他人的交流和接触，单靠倾诉情感是不够的。书面交流要求我们组织建构语言，这涉及智力方面的技能。
- 情绪智力定义了我们对情绪的理解能力。情感智力的定义与我们的创意写作事件有关，因为是我们使它发生的。它是付诸行动又通过行动获得的情绪智力。

- 创意写作的价值，无论是对身为创意作家的你还是对读者或观众来说，在很大程度上都是基于情感交流的。这是一种情感价值，由你的手艺所支撑，并由你的艺术的美学品质赋予移情作用。

4 想　象

- 事实、反事实、创造力
- 心理表征
- 开发你的想象力
- 探索想象力

事实、反事实、创造力

试着想象一个没有想象力的世界。由于它并不太美好，为了你的生活质量，你可能并不想这样做。不过，就你的能力而言，你可以这样做。你可以这样做，是因为人类拥有所谓的“高级”想象力。我们的想象力能够在认知和创造层面发挥作用，这不仅仅使得我们作为一个物种如此与众不同，同时也为我们的创意写作活动提供了动力和支持。不过，我们并没有因此而成为地球上唯一有计划、想象和创造能力的生物。动物也有想象力，昆虫亦有创造力。我们常常会为其他生物的创造性活动感到震惊，这不仅仅是因为创造力本身就足以让人惊叹，同时也可能是因为我们如此看重自身的创造力。有时我们会感到自己对创造力具备某种所有权，那种震惊感或许也来源于此。但是，从更积极的角度来说，这可能并不是因为我们想要否定其他生物的创造力，而是因为我们把创造力和想象力这两个概念混为一谈了。

虽然我们会惊叹于蛛网之精妙复杂、鸟儿的歌声之曼妙，或者蜜蜂在蜂巢中产蜜的那种公共模式是如何富有创意，但我们并不倾向于把它们当作想象力的产物。虽然我们承认，有些动物的活动有想象力参与其中，如猫咪在追逐毛线球时会将毛线球想象为一只老鼠，大猩猩也会玩模仿游戏，但我们认为：在这些活动中，想象力的权重低于人类活动。一项准确的评估是，你的想象力不仅与其精神表征的形成有关，还与你的思维能力、智力水平及其运用有关，这样，我们的想象力就涉及了更强烈的反应、更深思熟虑的阐释与更积极的假设。我们的想象可以挑战、可以构建、可以破坏、可以做出计划，也可以自我反对。想象既可以被认为是一种能力，也可以被认为是一种过程，它通常是与生俱来的、与某种潜在事物的结合，或是已经存在的、和可在想象中被实现的事物的结合。有一种说法是，想象力也有着不同的版本或类型，根据其形式和其功能的方式、原因与目的来定义。

这里有一个关于此类探索的例子。柯林·麦金（Colin McGinn）在他的著作《心智直观：图像、梦境、意义》（*Mind-*

sight：*Image*，*Dream*，*Meaning*，2004：4）中，将想象与感知（麦金所说的“戒律”）做了对比，并探索了幻象和视像的本质，同时对“感官想象”（sensory imagining）与“认知想象”（cognitive imagining）做了区分。麦金的副标题本质上是诊断性的，“图像、梦境、意义”将**视觉**看作想象力最有可能的组成部分。视觉是阐释梦境所必需的一种东西，同时也是将想象力和意义结合在一起的东西。麦金提出了一个问题：图像与感知之间的区别是什么？他的答案是，这两者“在心理的许多基本层面上”有所不同。就此，他谈到了“心之眼”，并暗示这种观照不同于用外在的眼睛观照。因此，如果把想象看作一种对外在世界的观察，就是对想象的运转方式的扭曲。然而，麦金确实指出，无论是心灵的眼睛还是知觉，它们仍都是指向外部物体的；“心之眼”与“身之眼”都以上述方式共同关注着某个具体的物体，这个物体可能是真实的，也可能不是。麦金所做的研究的重要性在于，它进一步向我们揭示了在进行创意写作时可供我们调用的心智能力和工具。创意写作并不像人们通常认为的那样，是某种率直的想象性写作——意思是，并不是写作中的某个特殊的、未经研究的、被定义为“想象”的事件，提升了作品的原创性及你作为一名创意作家思考、推断、调查与探索的能力。

麦金提出的所谓“心之眼”关注的是真实的或不真实的具体之物，这本身就是对有关创意写作的一种固有观念的挑战。这种固有观念认为，创意与原创性依赖于某种超自然的东西，只有那些具有独特的超越性移情能力的人才能够拥有。麦金认为，事实恰恰相反，你的想象仍在处理某些具体的事物，在这个意义上，它并不处于事实的对立面。你的想象在同时寻求理解与推测，不同类型的想象会投射出各种各样的情况、原因与结果。通常，在谈论创意写作时，人们所说的那种想象类型被称为“创造性思维”（creative thought）或“创造性想象”（creative imagination），但本书倾向于将其称作“发明性想象”（inventive imagination），以强调创造第一次的形成要素。鲁斯·伯恩（Ruth Byrne）曾指出，“创造性思维是用来写诗、画画、作曲、设计实验或发明新产品的”，但同时，“这些活动看上去和那种代替事实的反事实想象千差万别”（451－452）。

“反事实想象，”伯恩继续说，“也是一种想象性思维。”（452）就此，她写道：“当人们理解了反事实想象也是一种可能后，人们就会开始考虑两种可能性。”（450）最重要的是，伯恩主张，我们的想象也可以是理性的。她在《理性想象：人们如何创造替代现实》（*The Rational Imagination*：*How People Create Alternatives to Real-*

ity，2005）一书中对此有更多的阐述。理性的想象将孕生反事实思维——这并不一定与普遍盛行于创意写作领域的关于想象的观点直接相悖。想象，作为影响创意写作的一大事物，常被视为一种组织能力，就此来说，它并不是完全非理性的。不过，伯恩关于理性想象的主张比创意写作领域流行的一般观点更直接地指向了对其的批判性应用，她的这种观点同时为“创意和原创性并非超凡脱俗，而是作者的批判性理解的发展与灵感的影响共同作用的产物”这一观点找到了合理性。

麦金和伯恩只是众多致力于想象力研究的学者中的两位，但他们所提供的例子已让我们再次看到了一幅关于想象的图景，在这幅图景中，想象是多维的，且常常是有目的的，它并不仅仅关乎幻想，也不是一种超然的能力、一种独立于其他认知功能而运作的能力。你的一般想象能力涉及你的思维模式、你对记忆的存取以及对知识的调用，这都是共有的，就像伯恩在讨论具体的反事实事例中指出的那样，“反事实想象思维和其他类型的创造性思维有着一系列相似之处，如对扩展类别、概念组合的能力，以及洞察力”。

基于这些对人类想象力的探索，当我们将想象力运用到我们的创意写作活动中时，我们可以通过下列三种相互交叉与作用的方式来最大限度地理解想象力。这三种方式分别为：

➢ **事实**

你的想象的源头是你对不同事件、活动、人物与事物的知识。通过调用从之前的感官体验中获得的领悟，你用你的大脑重新体验了这些事件、活动、人物与事物，即便你并没有在现实中再次接触它们。

➢ **反事实**

你的想象假设出了另一种与事实不同的关于事件、活动、人物与事物的看法。尽管真实的观点仍然是可信的，但你会利用这种反事实的观点去思考那些有关“如果……会怎样”的问题。此类推断性的检验可以帮助你确认或挑战已发生的事实，从而构建起那些被人们认为比真实情况更令人满意或愉快的场景或结果。

➢ **创造性**

在用想象创造非凡之物时，你不必非得抛弃事实或反事实，但同样也没必要以事实或理性的反事实为基础进行你的推断、幻想或抽象行为。正如麦金所描述的那样，你的想象虽然有能力指向具体的外部事物，但它也可以仅仅由你的思维来塑造。

人类具有高阶的想象力，这里的高体现在我们的想象力所具备的深度和广度上。我们并不是唯一具有想象力且能够创造的物种；然而，我们确实又是独一无二的，因为我们能够从这样的高度，甚至是以某种超越我们自身的方式运用我们的想象力，来拓展我们已经体验的世界，并触碰我们没有体验过却可以推测的世界。我们创造艺术，我们探索并发展我们的知识，我们通过想象与彼此更好地沟通。小说家、评论家和哲学教授威廉·盖斯（William Gass）说“最重要的是，我相信想象力栖居并生长于人的意识中”，明确地把想象与意识结合在了一起。他继续说：

> 没有放肆的对比，没有随心所欲，没有梦，没有新的发明，没有隐喻的变化，也没有符号来窃取意义；失去了这些东西的散文就像是干瘪的轮胎，只不过是被遗弃在高速公路上的橡胶。但除此之外，好句子还有其他的构成要素——欲望、感受、直觉、思想——而这些都需要想象力来塑造。（Gass，1996：41）

对创意写作来说，我们的能力，以及很多时候我们进行事实想象、反事实想象以及创造性想象间交流的意愿，都以我们对书面语言的使用（即盖斯所说的“塑造”）为基础。我们赋予了这种书面语言更多美感、功能、情感投入，让其被更具启发性、更个人化同时也更公众化的愿望所赋能。

心理表征

一个词语自己发声，它的古老起源似乎证实了它的盛名。“想象”，这一词语与图像的创造有关：概念性的，来自记忆的，幻想的，基于假设、猜测或推断的，复杂的，简单的——所有这些形形色色的图像。“图像”，常常也被用来指涉某种思维实体，这些思维实体中最有力的就是视觉。定义是公认的常识在交流中的简写形式，因此很大程度上，定义反映了其对应的现实。不过，这个认为想象只涉及视觉的定义显然是错误的。我们可以随便找几句话证明这一点。

“想象一下那听起来是什么样子。”“你能想象那是什么感觉，是吗？”实际上，当我们提及或运用我们的想象力时，我们的脑海中不止浮现了画面。我们为自己创造出的是一系列心理表征。这些由你的想象带来的事物或体验的再现当然可以是视觉的——但它们同样也可以是听觉的、嗅觉的，或者是触觉的。通常，这些心理表征是上述感官信息的结合，它们在你头脑中产生，或者被还原出来。在你的头脑中（尽管这超出了麦金所说的“心之眼”，但他同样也认同这一点，并因此提到了“心之耳”），心理表征呈现了它们所感知到的外部对应物的特征，成为具体的真实或不真实实体的再现。由于在创意写作中，你的想象力可以将事实、反事实以及创造性结合在一起，因此这种心理表征也可以包含上述单个或全部要素。

在接近你创意写作的想象表征时，你可以思考你行动的流程、主题与整体的内容。你对流程的思考包括：你所做的事的探查性本质，即你探寻答案的方法；你拥有的知识；你判断哪些是事实而哪些不是的方式；你所做的对比与比较；你如何使用诸如平行、类比、隐喻、对照、连贯等修辞手法，来指导你的观察、记忆、演绎与归纳；你如何从具体事例中概括出一般原则，又如何将一般原则应用到具体事例中。所有这些赋予你的经历以意义的事物都在帮助你进行个人的意义创造；同时，它们也在帮助你创造个性化的或有更广泛的适用范围的理论和假设。

作为一种流程，你的想象依赖于组织分类相关的语言——它们在何时、何事、何人间构建起次序与关联，就是你想象中的时间、空间与顺序。这种意义上的想象既依托于你的个人心理特征，也依托于你的社会文化背景。综合来说，你所拥有的知识以及你对该流程的理解，与你所选择的客体事物以及你围绕此生出的全部想象，具有相同的影响力。

为了让你更好地理解这一点，这里有一个例子。想象一个出现于城市街头的场景：把镜头聚焦于正弹着原声吉他的两个年轻人，他们站在城市图书馆前的台阶上卖艺，那座图书馆是一座宏伟的哥特式建筑。马路对面有一个公园，一群幼儿园的孩子们在父母的陪伴下玩耍，陪着他们的大多是年轻的母亲，他们荡秋千，在一座精致的塑料梦幻城堡中玩耍，城堡被色彩缤纷的滑梯与管道装点，呈现出明亮的黄色、绿色和红色。公园边的大道上，街头工人缓步走着，慢跑者从他身边经过。两个卖艺者的弹唱声更大了，那是一首你听过的歌，但你想不起歌名。这时，一辆出租车停在了路边，那是一辆黄色的出租车，就像有次你在纽约拦到的一样（但这里不是纽约，尽管你发觉开车的司机看上去完完全全就是你在纽约见过的那个）。这时，你听到雷鸣声，又或许那是你眼见的那辆正从公园前的街道上开过的大货车所发出的声音，其中一辆是拉沙子的（你知道沙子从哪来，你在那片沙滩的后面住过一段时间）。出租车旁，另一个年轻的男人正走上图书馆前的台阶，那两个弹吉他卖艺的年轻人注意到了他。你看到他与他们如此不同。这个年轻的男人穿着深灰色的西装，而那两个年轻人套着牛仔裤和五彩斑斓的衬衫，那衬衫的颜色让你想起公园里的城堡。这时，镜头不断上移，从这个角度看去，图书馆显得越发高大，街上的行人渐渐看不到了。这时，再试着把视角转到卖艺的年轻人，他们停止了演奏，正看着孩子们从公园里跑出来……跑上台阶。那些孩子从方才的出租车司机旁经过，那个男人把黑色的外套搭在他的手臂上，背着他的黑色背包，正抬头望着他们，停下来，瞪视。

由这个场景，你想象着：城市街道的风景、声音与气味，图书馆前坚硬的大理石台阶的触感，塑料滑梯光滑的表面，在街道内外或图书馆附近按次序发生的运动。你的视角从吉他手移到更广阔的公园景观，再到街道景观，再到出租车。有一个瞬间，在你的视线从儿童身上移开时，你回到了你长大的那片海滩，然后又到了坚硬的大理石台阶上，然后是公园边的焦炉，最后是图书馆的门前。你身旁是气势恢宏的石柱，这些柱子的流线形、建筑的高度、入口处投下的阴影，所有这一切都是有序的、相关的、并列的、对比的、流程化的。就像你想象着这样一幅场景：三个大学时的朋友几年后第一次见面，他们如今发展方向各不相同，但都带着他们大学时代经历的事件的某个版本的记忆。在他们重逢的这个时刻，该事件被赋予了前所未有的意义。

主题、内容和流程都在你的想象中交互作用。图像是被创造或再创造的，因为图像具有天然且可观的生成性。这里的意思是说，它们会孕育派生图像、分支，以及更多种子图像——一个图像可能派生出其他一系列的图像。基于你过去经验的其他感官信息、你的知识与理解被封装在你的想象探索中，同时也为你的想象探索提供启迪。这也会影响和指导你的创意决定，即你如何发起、规划和实施你的想象。从心理学层面说，你在更进一步地选择、排列并利用你的记忆，你在运用个人的“如果……会怎样”准则来对感觉信息进行再处理，在想象中再造感觉元素。这些元素可能是真实的，也可能不是，但都会指向某个在你头脑外的具体事物。

在想象时，你同样也运用了相同的事物和原则，你对它们很熟悉，因为它们就来自你生活的世界。这些事物和原则涵盖了结构、形式、功能和系统。这些事物和原则对你来说是十分清晰的，无论就字面含义还是就比喻义而言，它们就像你自己的身心的结构与功能以及系统性本质一样，和你联结在一起，同时又和你分离，但仍能被感知；就像是各个不同的地质层，各种物质和形式的合成物的特性，不同种类的行动与运动，以及事物和活动在它们各自出现的时间与空间中的关系。因此，哪怕你的创造性想象确实可能创造出不可能的或不切实际的东西，但在创意写作中，你仍在应用事实与反事实进行想象。你所有形式的想象都受到了你个人或社会文化背景的影响，当然，历史和当代语境也不能排除在外。

你的想象同时也基于你创造和构建意义的方式。因此，你的想象可以包含内涵——换句话说，即那些暗示性的含义。例如，在城市场景中，色彩、不祥的存在、雷声、一群孩子、气势恢宏的城市图书馆，都是包含内涵的想象性探索。你的想象也可以直接意指某些东西，这种指称展示的是最直接的含义。作为心理表征，想象还可以描绘（portray）——描绘意味着描述、展示、表演。想象同时也可以提供符号（symbol）与标志（sign），以表现想法、信念、感觉或这三者的结合。标志倾向于指示某种直接信息，传递相对传统的意义，且常与有意识的行动和可被观察的实体有关。符号则不然，它更常通过联想和暗示发挥作用。符号来自你的潜意识，通常具有复杂且多维的意义。

依托于某事或某物以及你基于此产生的习得性理解（而非直觉），符号具备了显著的唤起感觉的能力。这反映出了一点：你的想象力依托于你强化了的感觉，依托于允许你构建并体验实际不存在的事物和活动的一定水平的认知与创造力参与。此外，符号也不仅仅局限于字面意义的所指。它们可能是暗示性的，或是挑衅性的，同时也可以是模棱两可的。你的想象可以构造并展示标志之类直接且被广泛接受的具象元素，同时也可以处理符号，这使得它不仅仅承载了能被公众识别的表征，同时也承载了你个人的象征参照物——那些你作为个人在想象中更熟悉的、能有更多感情或智能投入的实体。

当你把你的想象力应用到沟通任务中，如作为艺术或手艺的创意写作时，你要能够同时以个人的方式与公众的方式调动你升格意味的情感投入，这不仅是想象的核心，也是创造联结以供思想、观点、观察与情感传输的核心。就像语言和符号那样，你想象的心理表征所依托的力量就是我们每一个人都拥有的学习的能力。

开发你的想象力

你的想象力其实就是一种心智能力，因此，说发展你的心智能力有助于帮助你培养想象力，这当然是合理的。不过，想象力又是一种特殊的心智能力和过程，因此也具有独特的功能、逻辑与目标。在让-保罗·萨特（Jean-Paul Sartre）的童年回忆录《词语》（*Words*，1967）中，他这样写道：

在我所幻想的骑马远征中，我要到达的是实在。母亲一

> 边看着乐谱，一边问我：“普鲁，你在做什么？”有时，我会打破我原想保持的沉默，回答她说：“我在拍电影。”事实上，我的确试图把那些图像从我脑子里取出来，在我自身以外、在真正的家具上、在真实的墙壁上实现它们，并使它们像银幕上的形象一样清晰可见、光彩夺目。（Sartre，1967：90）

每个人都具有想象力，不过，每个人的想象的能力又不尽相同。记住这一点：拥有强大的思维能力显然并不意味着你同样有着活跃而强大的想象力。在调用我们这与生俱来的人类天赋中的一项，使它在我们每个人的身上变得更突出、更具建设性也更有活力的过程中，许多因素都发挥着作用。无论是事实、反事实还是创造性的想象能力，都是可以被估测的。同时，当你注意以下方面时，想象力也具备被提高的潜能：

➢ **好奇心**

这与寻找有关，且它通常被认为是我们人类（以及其他动物）为了获取知识而实施并发展的机制。这种对好奇心的信息化阐释指出，你的想象可以从理解（understanding）本身以及寻求理解的行为中获益。这似乎是合理的。然而，它掩盖了人类好奇心的另一个层面——那个被我们称为“情感好奇心”的层面。情感，它在某种意义上与你的感觉和情绪相关。情感好奇心指的是我们在寻求“据称会带来某种特定的情感刺激，以令我们对我们的感觉产生印象”的某种体验时所运用的好奇心。那些关于消费主义和我们对物质产品或（精神）服务的消费的理论已经对情感联系、欲望及其满足在我们的消费活动中扮演的角色作了充分讨论。欲望，通过消费行为得到满足，然后是新的欲望出现——消费主义依赖于这一循环。

这里同样也有一个关于情感好奇心的例子。我们听到过这样的说法：某种新型号的汽车开起来是如此的“让人兴奋”，某个品牌的牙膏会让你感到牙齿“焕然一新”，造访某个旅游景点的体验是“让人着迷的”。在上述这些例子中（特别是前两个例子中），我们的好奇心都不是被这类事物所能带来的知识所激发的；相反，我们好奇的是那可能带给我们的感觉，特别是愉悦的感觉。

因此，你的好奇心既关乎理解，也关乎感觉——尤其是愉悦的感觉。对你的好奇心的开发将为你的动机和行为提供燃料。好奇心意味着寻求新的知识、新的感觉、新的理解、新的快乐。如何发展好奇心，这要取决于你个人的喜好以及你所处的文化环境。但无论如何，发展好奇心都无疑会帮助你进一步开发你的想象力。

➢ 新颖性

这既与想象力相关，也与创造力相关。想象同样包含了对新颖性的重视，是因为下列理由，或者保守点说，下列推论：由想象生成的心理表征是之前从未生成过的。如果它们曾经生成过，那么它们可能就会被当作你记忆的一部分。因此，新颖性仍在想象中扮演了某个角色——哪怕这种新颖性只是对先前被想象的实体或事件的修订。而就创造力来说，新颖性本身就与发明、创新等概念关联在一起，且常常被视为创造力的同义词或其组成部分。新事物的出现总是因为创造力，无论这种新事物是有形的还是无形的。具体来说，一个想法可以被认为是某种新事物，一幅画当然也可以被认为是新事物。

对新事物的识别涉及与过去出现的事物以及当前存在的事物有关的知识。这并不像看上去那么简单。我们每个人都只存在于有限的空间与时间内。尽管在当代，虚拟世界、社交媒体技术、数字化链接以及不可计数的通信技术扩展了我们存在的范围，也增加了我们获得知识和经验的途径，但作为个体，同时也作为特定社会群体的一员，我们发现、思考和应用新事物的能力仍然是有限的。即便我们没有受到主流范式与典型的桎梏，即便我们并不是一种会形成和维持自身习惯的生物，即便我们没有受到任何既定社会习俗的影响，面对过去曾有或现今仍在的一切新的事物，我们自身所具有的发现与应用它们的能力仍是有限度的。

因此，我们认为，新颖性既是想象力的组成部分，也是创造力的组成部分，但探寻真正的新颖性并将其应用到我们自身的创意写作中，是我们所面对的最大挑战之一。这种挑战因写作对成规的依赖而变得更加显著，但如果没有这些极大地削弱了独特性的成规，人们又会无法互相理解和无法正常书面交流。因此，作为创意作家，我们所使用的工具越普通，我们的想象力就得越非凡。

为了进一步探索新颖性，我们可以尝试这样做：深入研究特定的知识领域，提高我们对这些特定知识领域的认识；了解不同历史时期与不同文化之间的差异，并将这些知识应用到当代和/或我们已知的文化环境中；尝试从观点或声音中发现新事物，我们的想象力能做的贡献是帮助我们从不同的角度看待事物并把它们联系在一起。我们可以从我们的个人过往经历中探寻富有想象力的新事物，这种探寻或许会为我们带来与我们独有的个性特点相关的某个主题、观察或信念；我们也可以通过更改词汇的所指来探寻新事物，用隐喻把对一种事物的指称转移到另一种事物上，来将其中一者的特征赋予另一者。

➢ 所指层

脱离字面含义，通过隐喻的方式将两种不同的事物联系起来，同样可以创造出新颖性。这种所指层的转移是我们的创造性探索的一种扩展和强化的方式，它会让我们的研究变得更有深度。这种比喻化的联系可能就像将雪比作“毯子”，或者将某个特定工作场所比作“动物园”一样简练。这种简练的隐喻可以被作为深化观察、观点和所指物的手段。另外，隐喻还可能会延伸到具体的比喻映射中，这时，它所涉及的其他事物的外观或行为构成了你字面关注点的巩固层，这为比喻层提供了使用平行修辞手法来创造支持性叙述的机会，通过在另一个所指层上探索相同之处来深入研究其形式、态度或特征，并以这种方式来进一步为字面层增加维度。有时，我们会把这些更广泛的比喻性探索形式称为讽喻体或寓言。

➢ 书面化的隐喻

当然，不是所有的隐喻都是书面化的，视觉隐喻同样常见，而有关乐章和手势的音乐隐喻也会帮助构建乐曲（就像其他所有隐喻一样，它们也要利用到类比手法）。这种在明喻中也可看到的与观点、思想和观察相结合的类比模式有助于阐释并协助你提出问题的解决方案。这是一种通过关联和类比来拓展你的认知功能的参与模式，其同样也暗示了思考过程中的修辞手法：分解（dis-association）与对比（contrast）。很大程度上，隐喻的类比模式都可以是映射的、暗含的。当然，它也可以是明确的，甚至是直截了当的。

隐喻可以发挥启发式的作用，这样它就能够吸引读者、观众或者作为创意作家的你去探寻新的发现与新的理解。隐喻可以通过与你字面关注点间的流畅联系来为你的想法或猜测提供证据，它也可以通过把握事物有辨识度的特点来做到这一点，即这种有辨识度的特点可能与对另一类所指层的描述相关联——例如，提取波涛汹涌的大海的“野蛮”和“广阔”作为识别点以描述一场战争的野蛮与漫长，尽管两者的物理特征以及时间和空间的比较都会暗示两者不尽相同，但读者同样能理解这一隐喻。在隐喻和明喻中所运用的这种类比，能够构思和创造。隐喻既能够激发思维，也能够组织思维，它同时还具备帮你在感知与分析方面建立信心的能力，因为隐喻的目标就是为你的思维方式提供依据。在比喻这一领域，你获取到了能为你的创意写作赋能的你的想象力，这不仅是通过对内容的搜寻与组织，也源于某种可被称为所指层转移的元条件的东西，这种转移始自“纸页”这一让你的创意写作得以存在的地方，最终到达了你的创意写作所指向的、所回应的或所唤醒的纸页之外的具体实体。

➢ **游戏**

你一定要擅长游戏，才能擅长创意写作吗？这一问题既关注作为一种社会文化活动的写作的意义，也关注写作对你的个人日常生活的意义。除此之外，这也是一个可以拓展至艺术对人类的普遍意义的问题。诺贝尔奖获得者君特·格拉斯（Günter Grass）在描述他如何探寻他的小说《铁皮鼓》（*The Tin Drum*，1959）的创作方式时，也谈及了游戏：

> 伴随着第一句话——“我承认：我是精神病院的囚徒……”——我的思维障碍消失了，文字向我涌来，记忆、想象、乐趣和对细节的痴迷变得无拘无束，一章接着一章地展开。(Grass，1985：27)

当然，和想象一样，游戏也并非人类独有的行为。我们观察到了许多有关动物的游戏行为的例子，这或许是一个很好的旁证，来证明游戏往往并不只是心血来潮的行为。提及儿童与童年时期，我们的想象力常被与“过家家”之类的游戏联系在一起。所有这些基础性的游戏都是对真实情境的模拟——我们可以从数量众多的童年游戏中看到这一点，尤其是从动物间的“游戏性”争斗中——为了认知的发展而进行思考，然后模拟某些情境，模仿并探索其他可替代的观点或行为方式以强化我们的思维过程，同时让我们理解自己的感受与情感。游戏通常都是有趣的，当然如此，但它显然并不总是无意义且不严肃的。游戏可以让你在团队活动和观点中确定个人身份，并指导你如何在有限的时间和空间内活动与工作。游戏可以是一种思考——思考如何与他人互动。游戏也可以是一种挑战——挑战我们如何将某人的观点与另一个人联系起来。

因此，我们有许多理由相信“你一定要擅长游戏才能擅长创意写作吗”这一问题的答案是“确实如此”。即使是“经常与文字和观点玩耍以提升你的想象力”这样简单的建议，也能够从“动物的游戏性争斗”等证据中得到充分的支持，即我们通过游戏学习社交规则，预先演练我们对世界的理解。游戏为你的想象力提供了一片实验场，并在其中为你的想象力提升赋能，利用并最终促成你能力的提升。

➢ **塑形**

借用隐喻和类比的例子，你的想象可以说是在塑造形象。你对塑形的关注强调了你所从事的创造活动本身以及你的想象力在创造新事物时扮演的角色。塑形意味着创造某种表征、某种用以阐明的东西、某种被赋予了形态的东西。“塑形”这一词的含义中也包含了标志性或象征性，而我们知道，我们的想象常常涉及对符号的使用。你的塑形涉及设计，且这种设计通常需要某种意图。创意写作的意图使得塑形天然地适应某种类型的写作，对这种写作类型来说，意图和行动都由想象力启发并引导，且它常会把你的感受融入你在内容和感情层面与世界的互动中。

“塑形”在音乐领域被称为“音型”：一小串连续的音符，不断重复并给人以某种印象。在创意写作中，我们也可以相似的方法去看待塑形。它是你为你的创意写作创造的一种形态，你用想象力创造了主题和特征，这些主题和特征以相同或共鸣的形式出现在整个作品中，引导你和你的读者或观众通达一个或多个意义。

➢ 互动

大约是在20世纪末，我们步入了一个新的历史时期。对于那些深受当代数字技术影响的发达国家来说，这种变革尤为明显。这里所说的当代数字技术的形态包括手机和能联网的电脑——它们已在拓展人类交流的范围与广度方面得到了广泛应用。无论是以专业或商业信息的交换为背景，还是关注其中的社交目的，当代数字技术都已改变了连接、网络与互动的强度和状况以及这些概念本身。这些概念其实早已有之。例如，“网络”这一概念早自

16 世纪就开始与线或线的交叉联系在一起。然而，是现今我们所处的这个世界，让我们对连接、网络和互动相关的讨论兴趣激增。这种激增让我们想起，我们在创意写作中是如何利用想象力来营造互动的。

互动是指对他人产生影响或与他人合作。也许有人会说，如果你只为自己写作，那么你的想象就并不涉及与他人的合作。但事实上，你的想象不仅仅是你自身的思想产物，也受到社会文化环境的启发。凭借着面向外部的创造力，想象具备了互动性。从这一意义上说，你的想象力天然地与外部互动。而当你的创意写作产生于你与他人的交流时，你就会希望以影响读者或观众的方式与他们进一步互动。这种影响不仅仅是理性的，也是感性的。互动同时也意味着互惠，我们都看到过许多关于“为读者写作”之类的表述，它们都在尝试着用创意写作揭示人际交往的本质。

但事实上，创意写作的互惠性并不是通过“为读者写作”体现的。相反，对互惠性更好的理解是：建立并发展你利用想象分享意义的方式。这种想象是如何通过组织建构字面与比喻的含义，去探索、表达并和他人交换经验的？它又是如何将你在头脑中创造的事物和活动安置于他人能够辨识并能与之产生联系的具体事物和行为上的？思考你如何创造互动并投身其中，意味着你正在对你所使用的表达符号产生觉察。这同样意味着你对内涵和外延意义的模式化，它涉及你的强力想象为他人带来的强烈感受。最后，互动作为你想象的一部分，需要对你所处理的客体进行分类与排序，以便让你的个人痕迹能以事实、反事实或创造性模式为基础，帮助你的读者或观众在阅读你的作品时满足个人需求。

探索想象力

- 想象是多种多样的——这不仅仅是因为每个人的想象都是高度个性化的，是其自身独特的一部分，同时也因为这些想象都受到社会文化的影响。你的创意写作会受到想象类型的影响与启发，这些类型将在你创作一部作品时被思考并定义。
- 人类拥有一种高级的想象力——你的知识和理解以及你的创造力水平将对其产生影响。虽然想象力是一种与生俱来的品质，但这并不意味着人们直接就拥有强大且富有产能的想象力——这有赖于学习，并要通过不断地应用才能提高。
- 标志和符号是想象力的关键，它们之间的关系和秩序是所有想象力探索的基础。
- 如果没有好奇心，我们几乎不可能创造出新事物；而如果没有游戏，我们也很难创造出新事物。

- 你创意写作中的比喻性内容可以加深人们的理解，且让你的作品具备更强的与他人互动的潜能。之所以如此，是因为无论对作为创意作家的你来说，还是对读者和观众来说，对所指层的转移都会增加联系点、识别点和情感投入点的数量。

5 快　乐

- “磨难是一种选择”
- “阅读”的乐趣
- 探索快乐

“磨难是一种选择”

在出版第一部作品四十年之后，著名作家乔伊斯·卡罗尔·奥茨（Joyce Carol Oates）在《作家的信仰：生活、手艺与艺术》（*The Faith of a Writer*：*Life*，*Craft and Art*，2004）中这样写道：

> 工作中的作家，或者说沉浸在他/她的项目中的作家，根本就不再算是一个实体，更别说是一个人了。他们变成了某种由聚集在情绪光谱的黑暗末端的种种心理状态所构成的奇怪大杂烩（mélange）：优柔寡断、沮丧、痛苦、丧气、绝望、悔恨、不耐烦，彻头彻尾的失败。（Oates，2004：51－52）

奥茨并不是第一个，当然也不是唯一一个谈论到她所谓的

“情绪光谱的黑暗末端”的创意作家。获奖小说《奇鸟行状录》（*The Wind-up Bird Chronicle*）的作者村上春树在《当我谈跑步时我谈些什么》（*What I Talk About When I Talk About Running*）[一本标题显而易见借鉴自雷蒙德·卡佛（Raymond Carver）的《当我们谈论爱情时我们在谈论什么》（*What We Talk About When We Talk About Love*）] 的随笔集中，描绘了创意写作与马拉松长跑那类似的痛苦而沉重的艰难历程。在以“磨难是一种选择”为题的序言中，村上春树这样写道：

> 有天赋的作家无论做什么，或者不做什么，都依然可以自由地创作小说。句子会像天然的泉水一样涌出，这些作家可以毫不费力地完成一部作品。偶尔，你会遇到这样的人。但遗憾的是，那其中并不包括我。我从没在临近处找到过这样的泉水。我必须要拿着凿子敲击石头，挖掘出一个深洞，才能找到我创造力的源泉。要写一部小说，我就非得在身体上给自己施压，此外还要花费大量的时间和精力。每次我开始写一部新的小说，我都要奋力挖掘出一个新的深洞。（Murakami，2008：43）

“我必须要拿着凿子敲击石头，挖掘出一个深洞，才能找到我创造力的源泉。”——这是村上所做的描述。苦工、痛楚——他的创意写作的邪恶暗面，正好与奥茨的“优柔寡断、沮丧、痛苦、丧气、绝望、悔恨、不耐烦，彻头彻尾的失败”直接呼应。这些在本书又一次被提及的远非独特的评论，提出了一个看似简单却绝不滑稽的问题：为什么会有人想要进行创意写作呢？

如果乔伊斯·卡罗尔·奥茨和村上春树说的没错，那么你喜欢创作的同时也会不断感受到创作的痛苦。如果这样的写作能让你感到满足，那么按照这一模式，这种满足同样会伴随着一定程度的痛苦。如果这样的写作会让你觉得开心，那么它也同样会让你不开心。最后，如果你怀有做此事的欲望，那么你同样也会怀有不做此事的欲望。

长久以来，人们一直在对创意写作中这种看似自相矛盾的一面做出评论，这也体现在了创意作家和批评家们为解决如下问题所付出的努力中——除技巧性的写作技能外，创意写作实践究竟还需要些什么？通常，这种探寻的努力都集中于创意写作实践的情感、智力与物理强度方面。雷纳·玛丽亚·里尔克（Rainer Maria Rilke），在《给年轻诗人的信》（*Letters to a Young Poet*，1934）[①] 中，把孤独感这一主题加入到了有关困难的讨论中，并特

---

① 1929 年首次出版德文版 *Briefe an einen jungen Dichter*，其中包含了里尔克在 1902 年至 1908 年期间写给年轻诗人 Franz Xaver Kappus 的信件。

别引用了精神与心理相关的内容：

> 没人能给你建议和帮助，没人。只有一种方法：反求诸己。寻找你想要写作的原因，弄清楚它是否已根植于你内心的最深处，然后扪心自问：如果不让你写作，你会死去吗？最重要的是——在夜晚最寂静之时问问你自己：我必须写吗？如果答案是肯定的，如果你可以坚定而简练地用“我必须”来回答这个严肃的问题，那么你就可以根据你的这种需求去构建你的生活。你的生活，即便是在它最微末的一刻，也一定是这种冲动的标志与证明。(Rilke，1934：18－19)

里尔克把必要性带入到我们常见的创意写作话题中。你之所以写作，是因为当别人问你“是否必须写作”时，你回答了“是”。你之所以写作，是因为“如果不让我写作，我就会死”。你的创意写作对你来说是迫切的，是至关重要的，是维持生命所不可或缺的。如果确实如此，并且假设原因是它在某种程度上对你确实不可或缺，那么再想想，创意写作可能给你带来什么样的乐趣，并首先只把这种快乐简单地当作一种享受。你在创意写作中发现了什么乐趣？通过关注这些乐趣，你又会做什么来进一步发展你的写作？

➢ 身体实践

让羽毛笔摇动，让铅笔留下印痕，按下打字机上的按键，对着录音机说话——回顾历史，对一名创意作家来说，把思想和感情转换为手写的创意文本的方式不胜枚举。创意写作的生理特性不仅仅留存于它的历史（在那过往中，写作必然涉及低强度或中等强度的身体活动），其同样与当代世界有关，尽管现今它这种生理特性已变得更不明显，但并未消失。在人们的印象中，创意写作是一种手艺，因此涉及手工艺方面的灵巧性，而它确实必须通过某种形式的身体动作达成，这一事实也印证了这种印象。虽然把写作当作一项会让你汗流浃背的活动多少有些牵强，但忽视这种生理特性同样是错误的。创意写作可能不会稳定地提升你的内啡肽水平，也不会让你产生更多的多巴胺、血清素和去甲肾上腺素——这些都是锻炼的副产品，且都与幸福感的增加有关。但是，写作的肢体动作对你来说仍是一种确证，让你感到你正以某种方式朝着某个预期的目标前进，让你感到你正以某种方式满足你对创意写作的渴望。这为你带来了欢乐。这期间还有许多事会发生，让你朝着自己目标前进的过程变得更加复杂，但你写作时的身体活动让你产生了一种控制感，并由此创造出一种可被调动的活力，在你的思想感受与个人行动间建立起联系，从而赋予你力量。

➢ 表达

这是帮助你从创意写作中获取乐趣的一大重要因素。也就是说，创意写作是一种独特的书面交流形式，它结合了知识和创造力，使它们自然地交错在一起，通过方法和技巧，以特定创意写作体裁的成规和当代条件所定义的方式将其模式化，同时又均等地保留了对这些模式进行个人阐释和革新的空间。当你进行创意写作时，将你的想象力当作一种结构化、正式的系统性力量来引导你的创意写作，使之区别于其他类型的写作。这种明晰的表达确保你的个人意义感得以提升，而这也成了你的享受与乐趣的一部分。

➢ 语言艺术

创意写作是一种语言艺术。人类语言的起源以及后来出现的书面交流，都在揭示一个有关人类需求与欲望的故事。人类需要交流，以便在这个不总是那么容易理解的星球上生活下去。我们以寻找并占有或丰富或稀缺的资源为目的，探索着能与其他人成功建立联系的方式，去确立我们的角色，践行并推进我们个人的或群体的目标，以满足我们的需求，追逐我们的梦想。人类语言惊人地广博复杂。我们可以表达，也能询问、说明或恳求，我们可使用的语言单位的组合几乎是无限的。然而，在日常生活里，在往往只涉及惯用语和常用表达的口头或书面交往中，我们只使用了语言的一小部分。因此，你的创意写作为你提供了一个途径，去探索并发展那些你在一定程度上并未充分运用的语言。它为那些热爱语言的人提供了一个平台，通过将语言书面化而赋予它们一定程度上的不朽性。鉴于我们人类已经进化为如今这样高水平又热切的语言使用者，展示我们的语言技能并进一步拓展我们的能力会为我们带来乐趣，这显然是说得通的。当然，获得满足感并不意味着我们要以一种古怪、生涩而神秘的方式使用语言（尽管有人可能会说，与日常用语相比，有些创作者就在这样做）。通常情况下，这种满足感来自对我们已有的或能够被我们的创意活动推动发展的语言的充分利用。这种满足感，产生自对人类语言繁荣的培育与注视中。

➤ 移情沟通

如果创意写作的目标是和他人的接触与交流——我们可以看到大量的创意写作也确实如此——那么它们就有赖于对负责接触与交流的突触点的创造。经由这些突触点传递于作为创意作家的你和他人之间的，不仅仅有信息，还有感觉、情感咨询以及感知，同时伴随着你的个人兴趣、信仰、态度、理解，乃至于你的期待。这并不是说创意作家天生就比别人更富同理心，就好像他们是科幻小说中所描述的那种“超感人”一样。恰恰相反，这意味着成功的创意作品都是成功的移情沟通的案例，创意作家成功地展现了自己对他人想法和感受的觉察——无论是通过写作之外的东西，如对此类想法和感受的明确援引或阐述，还是通过写作本身，即含蓄地使用主题、观点、声音和基调，将移情联系灌注入作品之中。我们人类拥有共情的能力，能对他人的感受做出反应，又通过关乎我们周围世界的想法与态度的映射形成聚类，于是，移情沟通成为某种与他人共存的证明，我们能从中获取快乐，从那种并不令我们孤独的感觉中获得快乐，这也由此成为创意写作吸引我们的另一个原因。

➢ **文化意义（也包括了对才能的颂扬）**

创意写作在文化上为人们所尊敬。诚然，并非所有人都出于相同的原因尊敬这种创作，也并不是所有形式和体裁的创作都能收获相同程度的敬意。不过，在多数情况下，创意写作实践都被认为是对文化的一种卓越贡献，且是记录并储存人类经验和观点的重要方式。被批判性地评定为有重要价值的创意写作作品的成就被更进一步地视为人类艺术创造力的反映，而创造出这些作品的人们也往往因他们的这种才能而备受推崇。公众对创意写作作品的颂扬积极地反映在他们对创意作家这一职业的态度上，并为这种既富个人挑战性又充满生气的实践赋予某种对成功的渴望。尽管并不是每个人都渴望成为名作家，但对自身创意写作产能被认可的期望，仍是促使人们尝试进行创意写作的重要因素之一。这种对其能力的认可能够帮助作者塑造信心，促生一种能对抗诸如焦虑、怀疑和无力等负面情绪的奖赏感。因此，就算不是对所有创意作家都如此，但至少对其中一些人来说，这种实践所富有的文化重要性和其所附带的获得奖赏的机遇无疑是一种重要的激励因素。

➢ **让平凡变得非凡**

最后，伴随着它展示并证明同理心的潜能，伴随着一个人对另一个人观点的接受，创意写作通过让平凡变得非凡，进一步维护了人的个性、独特性及其自我在社会和意义创造中所扮演的角色。基于此，我们可以说，你的创意写作是你理解发生在你身上和你周围的事的一种方式，它提供了一种方法，帮助你创造意义，同时思考并统合你观察到的以及你认为你已理解的东西。考虑到创意写作具有如此的多面性，这种意义创造具有某种力量，能在一系列反应中对你产生影响。这一过程同样具有多样性：从你为了确认其真实性而对你的观察结果的理性处理，到你对事物不经思考的反应，而后者与其说是理性，倒不如被认为是通常所说的

“本能”。创意写作的一大特点就是它平等地赞赏先天与后天、直觉与理性、浑然天成与精雕细琢。它提升了自我的整体意识，并借此让你体会到一种自我被填补的完整感带来的愉悦，而这是其他交流与表现形式并不总能做到的。

一项身体活动，促进并发展了人的表达，同时也是一门语言艺术，具有移情交流的特点，此外还富于文化重要性，且能使平凡变得非凡——所有这一切听上去都是创意写作让你这位创意作家感到快乐的好理由。然而，这仍没有回答包括乔伊斯·卡罗尔·奥茨和村上春树在内的众多创意作家提出的问题：他们依据大量的个人经验，认为创意写作不单单会带来快乐，也会带来痛苦。

那么，这种磨难是否不可避免呢？

我们可以通过多种方法来回答这个问题。首先，我们可以假设，创意写作就是单纯地会让人感到痛苦。那么，在很大程度上，为什么我们会选择进行这项活动就成了一个谜——哪怕我们的逻辑推理把它和我们对表达的强烈渴望、我们对语言演变的参与以及我们对创意写作具有文化重要性的信念联系在一起。第二种可能是，奥茨和村上春树只是在夸大其词，从创意写作中收获的乐趣通常是超过我们在写作中可能经历的痛苦的。你的写作符合你的期待、满足你的意图的频次或许可以调和这种痛苦。因此，痛苦是存在的，但它会被成就带来的喜悦削弱甚至消除——而从这个角度出发，或许你在创作失败的时候会感到加倍的痛苦。第三种可能是，创意写作或许既有让人痛苦的方面，也有让人快乐的方面，而你又必须忍受痛苦的部分才能享受到快乐的部分。最后，还有一种可能——尽管长期以来我们一直不断报告这种创作的困难及其牵涉到的苦工与劳动强度，但与此同时，我们也一直误解了这种辛劳与对愉悦感的智性理解之间的关系。从本质上说，这种状况或许是出于我们误读了快乐产生的方式，以及痛苦在这一过程中所扮演的角色。

通常，快乐和痛苦被认为位于情绪光谱的两端，或者被认为是两种对立的感觉，即其根本不处于同一光谱中，而是两种完全不同的体验。显然，在这个基础上，快乐就是快乐，而痛苦就是痛苦。你可能期望着总是只向着前者迈进，并不断远离后者。然而，无论是从光谱来看，还是将其作为两种独立且对立的感觉，快乐和痛苦之间的关系都并不是那么简单。例如，保罗·罗津（Paul Rozin）和他的同事们提出，他们称之为“享乐逆转”（hedonic reversals）的现象是“快乐的主要源泉”，并将这一发现纳入了他们所谓的“良性自虐”（benign masochism）理论中：

> “良性自虐”指的是对起初会被身体（或大脑）误认为威胁的负面体验的享受。当意识辨识出这里并不存在真正的危险，是身体受到了欺骗时，就会产生“心大于体”（mind over body）的愉悦感。（Rozin et al.，2013：439）

罗津是一位心理学家，他撰写过与人类从事物和音乐中获取的愉悦感相关的文章，并出版了数本有关厌恶的本质与实践的著作，和他的同事们一起通过“心大于体”理论，将有关快乐的各种不同形式的观点带给了我们。基于对创意写作既是身体活动同时也是心灵活动的特质的强调，“良性自虐”理论可能对揭示奥茨与村上春树所讨论的问题的答案有所裨益。更进一步，我们可以把神经系统状态，即我们个人神经系统的运转、我们那被与奖罚概念联系在一起的对快乐和痛苦的感知，引入到讨论中。我们可以研究快乐和痛苦的等级，或者讨论感官与我们对感官的感人阐释之间究竟有着怎样的关系。

所有这些对愉悦感的反应都是个性化的，是你的身份认同的，同时也是你身体和精神的一个组成部分。也有学者以人类历史文化的变迁为语境考察快乐和痛苦，他们发觉：在我们文化历史上的某一个点曾被认为会带来痛苦的事物，置换到今日就根本不再被认为是痛苦的。在此，我们可以更准确地将其称为“磨难”

（suffering）而非“痛楚”（pain）。而从历史上看，磨难实际上并非一种选择（至少当我们使用当代标准评估它们时不是）。需要亲手种植和采集你的食物听起来比去商店购买这些东西要经历更多的磨难。同样，无论是在过往还是在当今世界，缺乏清洁的水源都被人们视作一种磨难。此类关于快乐和痛苦的一般性探索可以引导你回答你个人到底从创意写作中获得了怎样的乐趣。

尽管创意写作并不像表演、舞蹈或雕塑那样是一种身体艺术，但它同样是一种以过程为基础的艺术形式，要通过实践、试验和重复来习得并提高；而要将你的创造性与批判性理解化为书面形式，也需要书写这一身体活动。格雷厄姆·富勒（Graham Fuller）就从创作中获得的乐趣这一主题对英国电视剧作家、小说家、记者丹尼斯·波特（Dennis Potter）进行采访时，直接谈及与过程相关的问题：

> **富勒**：你现在依然能从创作的过程中找到乐趣吗？
>
> **波特**：是的，我可以。但我同时也会诅咒它。写作和导演固然是困难的，但除此之外的其他任何事也同样是困难的——踢一场精彩的足球比赛也很难，不是吗？
>
> （Fuller，1993：141）

波特的创作“困难”反映了痛苦的主题。波特表示，如果你选择进行创意写作，这同时也就意味着你选择去做一件“为了变得更好，就需要涉及苦工”的事。我们或许会做这样的思考：是否困难总是一种磨难，又或者我们看重甚至寻求这种磨难以赞扬我们的精神对肉体的控制？

在接受来自《巴黎评论》（*The Paris Review*）的达芙妮·卡洛塔伊（Daphne Kalotay）的采访时，短篇小说作家梅维斯·格兰特（Mavis Gallant）又为事情增加了另一个转折。采访快结束时，卡洛塔伊问格兰特：“（对你来说）写作通常是一种愉快的体验吗？”格兰特这样回应：“这就像一场恋爱：开头总是最好的。”（Kalotay，1999：195）格兰特的回应的微妙之处也反映在她的小说中。她的创作像一场风流韵事——借此，她似乎在暗示她并不期待自己会从中获得长久的满足，尽管如此，她仍然非常享受每一次开始。不是爱情，而是风流韵事令人愉悦，但与此同时……她并不期待那会带来日久天长的幸福。

在创意写作中，让你感到愉悦的事或许对你来说并不都那么讨喜。你不会感到每一桩事都如此迷人。你或许会认同这确实符合“良性自虐”理论，又或许你会争辩说这个理论并没有准确地把握你实际的创意写作方式。例如，与这个理论截然不同，或许从一开始，你就没有感知到任何身体上或精神上的威胁。有些从事创意写作的乐趣可能来自它所附带的创造力或智能方面的挑战。大量证据表明，快乐并不仅仅是舒适与安逸。就像人们能从运动中获得乐趣那样，你在创意写作中获得的乐趣也可能来自它赋予你的权能，如让你创造性地使用词语，讲述你的故事，呈现你的图像，或表述你的态度、信仰或理解。因为此类写作融合了创造力的开放性和书面语言的组织力，所以你从中获得乐趣的机制，也可能涉及你对现实生活进行回应的认知与想象网络。

创意写作活动中同样存在着一些与游戏有关的元素，这些元素既涉及你个人感觉的表达，也涉及社交互动意识，后者是一种被整合在创意写作内部的、投向社会文化世界的邀请。成就也会带来某种身体感觉，当你一个字接着一个字写下去时，或你完成整个工作时，这种被迫从事、推进并完成的苦工也会给你带来满足感。

“阅读”的乐趣

有些你从创意写作中获得的乐趣，其源头是你在阅读中获得的乐趣。阅读是一种以寻找意义为目的的解码活动。以这种宽泛的方式理解阅读的意义在于，这种方式将阅读确定为人类生活的一种自然且普遍的行为。基于这种观点，当我们在创意写作中谈及阅读时，我们就可以把对这些人类普遍活动的思考当作“阅读气象或潮汐”，以此作为开始（Harper，2013：57）。这种思考角度把阅读视作某种不陌生又自然的东西，视之为人类的一部分，这让人们意识到一个事实，即：阅读并不是某种只对部分人开放的艰涩的实践，也并不只与文本有关。

作为一名创意作家，你对“自己在多大程度上是一名读者”的探查是你一部分乐趣的源头，这就像是在破译由你日常生活中经历的东西以及你想象出的东西所构成的密码。把写作和阅读分开是不现实的，因为你在日常生活中确实在不断地阅读。我们人类一直如此，因为我们有好奇心，而且依赖这种好奇心；因为世界的状况对我们来说并不总是那么明晰，它需要我们不断地解码；因为我们需要了解社会历史文化语境以帮助我们按常识行事；因为我们生于世，不能只做感官信息的被动接受者，我们必须也是积极的阐释者；还因为我们具有某种身与心的能力，我们要成为我们生活的创造者。

当然，作为一名创意作家，你阅读是为了创作，是为了给日复一日的写作提供启示，同时也是为了在这世上生活。在思考你从创意写作中获得的乐趣的同时，你也可以思考别人在阅读并定义与解码你的作品时获得的乐趣。你同样可以把自己视为自己作品的第一个读者，而这十分重要——无论是在创作一部或多部作品的过程中，还是你认为作品已经完成时，你都是第一个接收者。作为读者，你利用着你推理、判断、记忆和解读的能力，并由此发展出各种类型的综合素养——文化素养、视觉素养、信息素养、媒体素养、情感素养。我们人类创造了书面文字，与此同时，我们也为“读写能力”创造了定义，将这种能力认定为我们在书写和阅读文本时理解与使用标志和符号的能力。一些人认为，这些具体的、由文本衍生出的阅读技能在创意写作实践中具有独一无二又不可或缺的重要意义。

作家和写作项目协会（The Association of Writers and Writing Programs，AWP）在其网站上发布了以《AWP 对本科创意写作教学的建议》为题的文章，其中一节写道：

> 一名专业作家必须首先成为一名专业读者。本科创意写作课程的目标是向学生传授对修辞成分、形式、体裁、伟大作品和文学分期的理解和认识。（AWP，2017）

毫无疑问，对某种特定体裁或形式的熟悉可以帮助你理解自己想要创作什么样的内容。完备的案例可以为你提供指导，无论是信息性的、方向性的还是模仿性的，它们都有助于丰富你个人的创作经验。同样，文学作品的历史背景可以帮助你更好地定位你发生于当代的活动，因此如果作家作品确实可以被划归进某个“文学分期”，那么这些时期和你现今生活的世界就可以被放在一起比较。这解释了为什么 AWP 这个以创意写作为核心的组织会在此强调“文学分期”与“伟大作品”。不过，创意写作真的只与文学创作有关吗？“伟大作品”究竟在何种意义上定义了日常的创意写作活动和作为创意作家的你？它们是否仍适用于你所在的当代世界？或许如此，也或许不是。这么一想，这一切都开始让人感到困惑，因为 AWP 的说明建议显然是关于“创意写作教学”的，但在这里，阅读的乐趣仅仅被描述为一种通往文本的途径，且这里所说的文本更多地是指文学文本，而非所有其他的形式：

> 创意写作课程及研讨会让学生们了解丰富的文学作品，至少跨越三个世纪，涉及三个大洲，并包含各种不同的文化观点。（AWP，2017）

除创意写作的教学与修习外，AWP 在此还提出了其他一些建议：

> 本科四年中，各年级的工坊都需要有指定的文本形式，如作品集、小说、诗集、短篇小说集、非虚构作品，以及有关写作技巧的著作等。主修和选修课程应该包括传统文学课

程。（AWP，2017）

这一切似乎都以特定的形式与某种特定类型的完善的“文学”相关联。而关于“传统文学课程”的建议可能与英语研究有关。不过，这里倒也提及了“有关写作技巧的著作”。当然，由于与电影、舞台表演、音乐、新媒体相关的写作活动在这里都没有被提及，这就让人更加困惑：到底创意写作这门“手艺”的哪些元素在所谓的“指定的文本形式”中受到了标榜，其原因又是什么？

阅读的乐趣，就像创意写作的乐趣那样，并不局限于某些特定的文本，甚至于它们根本就不局限于文本。尝试理解这种乐趣是如何帮助你和世界上的其他人联系的，并对其进行阐释、理解和评价，这是对创意写作兼收并蓄的原则、其内在想象力的多样性以及其所具备的巨大吸引力的认可。在这种广阔而富有想象力的环境中，阅读的乐趣包括：

➢ **解码**

阅读作为一种行动，能为你周围的世界和你通过想象建构的实体赋予意义。你对这些内容的解读将提供一种令人满足的成就感，同时也会为你带来一种有序感，让你不必困顿于无序与混乱。

➢ **建立联系**

阅读是一种积极的交往形式。虽然我们每个人可能都会享受某段远离社群的时光，但当我们置身其中时，我们会产生参与感，并对参与其中抱有积极的态度，因为这表明我们是社群的一部分，我们在我们所栖居的社群中是受欢迎的。

➢ **获得（与认知相关）**

阅读是一件有关获得的事。在个人价值层面，你在自己与他人生活中所占据的分量、你与事件的联系……无论大小，那些通过阅读获得的东西，包括你在阅读自己的记忆时获得的东西，都增添了你的人生“足迹”。

➢ **参与**

阅读是积极的，因此是一种富于参与性的实践活动。除了参与这一过程，把握它带给你的机会并获得（由归属感所带来的）生理性愉悦之外，在阅读时，你也积极地参与了其他一些富有生机的活动，例如探索社会亲和力、合作所能带来的潜在可能与你对自身感知到的或想象出的事物的回应。除了参与其中所获得的生理性愉悦，你同样还把握住了某种亲切感。在阅读中，你积极地利用了这种积极的方面去探索社会亲密感、与他人合作的潜能，以及他人对你所感知和想象的东西的回应。

➢ **个性化**

你的阅读虽然受到了社会文化和历史的影响，但它仍是非常个性化的。因此，你在阅读中也获得了一种“做自己”的乐趣。有时，你可能要尝试去探索“做自己”究竟意味着什么，通过阅读超越你的文字与个人存在，来寻求关于你自己的新的知识。

由于我们所有人都在很大程度上将创意写作视为一种令人愉悦的人类活动，认为它通常很有价值，有时甚至是绝妙的，因此从中获取的个人乐趣也有一部分会来自对一件大家都认为是好的事情的践行。哪怕你的写作最终在评论或经济效益层面并非卓越，只要你达成了自己的写作意图，你的工作就仍可以是愉快的。更进一步的理解将创意写作当作一种能够创造事物的活动，被创造的可能是自我，也可能是某种客体，但都会为创造者带来一种宣告自己存在于世的快乐感。展示自身的知识和对事物的理解也会带来乐趣，而展示这些内容的各种方法也使得创意写作在很大程度上是个性化的。成为一名读者，成为一名积极地与世界、他人、想象、推理、真实情况以及可能发生的事交互的读者，这同样是一种乐趣。

这一切并不是说创意写作并不困难、不存在挫折，或者不涉及乔伊斯·卡罗尔·奥茨所说的“情绪光谱的黑暗末端”的元素，但较之创意写作对你的吸引力是否显示出了你的黑暗一面，以及如何理解光谱本身，或许是一个更值得被追问的话题。

探索快乐

- 定义你能从创意写作中获得怎样的乐趣是你的个人任务，它能让你更清楚地了解自己在写作中都看重哪些价值。你的写作经历并不都是愉快的——诸如“富于挑战性”“苛求”“艰难”“费力”之类的讨论对作为创意作家的你来说可能同等重要。

- 不过，想一想，创意写作既是一种知识，又是一种技能；既是一种身体实践，又是一种想象力/智能活动；既是一种交流方式，又是一种艺术形式。它要从一种理解和呈现思想与情感以及其他事物的方式中走出来，努力缩短自己和其他类型的写作之间的差距；受限于书面语言，同时又能运用其他类型的写作不鼓励或不支持的方式——所有这一切描述都暗示了一定的强度，就此来讲，其会涉及一定程度的痛苦，这并不是什么意料之外的事。或许“磨难”并不是对它最合适的说法，“融合”听上去要更加准确，但无论如何，在创意写作中，这种体验都不是偶然性的。

- 从生理角度说，创意写作能带给人的乐趣或许不如运动那么多，也不太会促成与运动同等水平的荷尔蒙变化，但物理上的那种追求目标的体验产生的控制感和可被调动的活力，以及在你的思想感受与你的个人行动间建立的联系，都会使你充满能量。

- 你同时也是一名读者，由此，理解并运用你的创意写作不仅仅能提升你阅读和写作的乐趣，也能让你更充分地利用人类的这种自然倾向。作为一名文本以及其他事物的好读者，会提升我们的意义感，而这种意义感的提升又能进一步使我们更愉快地置身于我们的社区、我们的栖息地以及我们的个人经历之中。
- 热爱语言似乎是创意作家的一个共同特征。这种书面语言带来的额外满足感就算不是永恒的，也是长久的。
- 你通过你的作品所分享的创意写作的移情特质涉及你如何与他人一起体验这个世界，以及我们如何创造这种共存感，无论我们如何定义快乐本身。

结语　成为一名创意作家

- 言语和行动
- 利用元素
- 你，创意作家

言语和行动

“渴望”指的是某种超越了一时兴趣的感觉，它比一闪而过的想法要强烈得多。以下是弗吉尼亚·伍尔芙（Virginia Woolf）在 1937 年 8 月 17 日星期二的日记中所记录的她自己写作的活跃条件：“绝无虚言，今年夏天的所有生机都在我的脑子里。3 个小时过得就像 10 分钟那么快。”（Bell，1985：107）小说家和短篇故事作家盖尔·戈德温（Gail Godwin）在 1962 年 10 月 3 日的日记中这样写道：

> 我终于有了个想法，关于我想做什么的，那就是：我想借助纸张诉说某些东西，那些东西要既能表现我的个人发现，又能使读者对生活产生更丰富的意识感受，或更享受它。

我想做些实验。我想写从未有过的作品。（Godwin，2006：157）

这种渴望被嵌进你的存在中，因此，哪怕起初你拒绝做任何事来满足这种渴望，它对你想法的干扰、带来的疼痛和促生的幻觉都会持续存在下去，诱惑着你，使你烦恼，也使你快乐，无论你怎么想、怎么期盼、做出什么样的决定，都不会消失。这就是渴望。

就此说，这种对“成为创意作家”的渴望和对其他事物的渴望是一样的，并没什么区别。如果你的渴望不够强烈，或者你编织出了种种理由，去忽略、抹杀或稀释这种渴望，那么它最终会被削弱并可能完全消失。而如果它根本不算是一种渴望，只是一时的兴趣或一闪而过的想法，那么你可能就不会进行创意写作（就算你这样做了，可能也不会持续很长时间）。创意写作没那么简单，没那么缺乏复杂性和创造力。一种短暂的吸引力可能并不会带来一个让你满意的结果，可能没办法让你精神焕发，或者让你感受到乐趣或挑战、联结你的思想感觉、刺激你的雄心壮志，从而使你继续坚持下去，并通过从事此事变得更好。本书的书名是《渴望写作：创意写作的五大关键》，它涉及一些非常具体的东西。这不是一本让你探索怎样在不感兴趣的情况下完成创意写作的书。换句话说，或许有别人写过那样的书，名字就叫作《不渴望写作：对创意写作没有多大兴趣的关键》，但不是你现在看到的这本。

然而，这里所讨论的创意写作也不以如下观念为前提：创意写作总是涉及艰苦的工作、大量的苦难，或者对诗歌、小说、剧本或其他任何体裁的创意写作的令人难以置信的深刻理解，你甚至还没开始尝试创作就要面对它们。事实上，如果这本书有什么关于工作层级以及你个人技术能力的信息贯穿始终的话，那就是你的工作方式需要是你自己独有的；也就是说，它们将会是你的创作故事的一部分，你要通过非正式（即通过创意写作本身）和/或正式的途径（即通过接受某种创意写作教育）去学习它们。而要进行创意写作并成为一名创意作家，你首先需要拥有的是写作的欲望。

从定义上看，不作为就宣告了你成为创意作家的雄心不再。在最根本的层面，创意写作需要你展开行动。假设你展开了行动，你的行动就会带来——这么说吧，我们称之为“创意写作事件”的东西，而这个概念能在你的某个单独项目或全部项目中发挥作用。产生于事件之前的活动、想法、感受和观察将为创意写作事件打下基础，同时也为写作过程中发生的状况提供信息。你的创意写作事件将具备一定的结构，且涉及你这一单独个体或你与他人多个个体。这一事件出现于你日常生活中寻常或不寻常的片段里，按次排列，并将持续一定的时间。举例来说明这种创意写作事件的话，它可能是这样的：你在阅读中了解到某个历史事件，然后你开始就此写一篇短篇小说；你想象出了一个与该事件有关的人物；你提了一个“如果……会怎样”的问题来考虑另一种可能的情节；然后，你做一些初步的笔记，或许还尝试写了段开场白或几个段落；第二天，突然爆发的能量让你完成了整整三页的故事；有一刻，当你看电视时，你又想到了一个“如果……会怎样”的问题，你又从你看的节目中借鉴了一些东西；你又写了一页，不同寻常的是，那时你正在做其他不涉及写作的事；清晨散步时，你决定应当修改现在正不断变长的草稿，使故事发生在冬天，那时有点冷，就像这个早晨一样；现在，你做了个突兀的决定，你认为你从前的观点是错的，所以你修正了它，重新开始写你的故事。就在你早晨醒来的那一刻，你想象着故事的结局，决定给某一个角色更多关注（而那个角色到目前为止都是配角）；你丢掉了开头几行，因为你发现直接切入故事更令人满意；你决定将故事发生的时间设定在现在而不是过去；现在的结局似乎不太好，所以你又修改了它；你完成了初稿……也许现在你已经完成了你的作品，也许还没有，至少这时还没有。你的创意写作事件会有一个或多个前情，它有一个起源，持续一段时间，具备某种节奏，有一定的结构，有一系列情节，其中有些是你在写作过程中已经熟悉的，也有些是这个项目所独有的（例如，你从来没有像现在这样强烈地认为这个故事应该发生于某个寒冷的日子里），而且这些事件的片段是以一种特定的顺序出现的。

你的创意写作，或者说你的任何一个写作项目的原动力，可能是一次观察、一段记忆、一种或一系列感受，也可能是上述所有事物和其他因素的组合。没有什么激励因素一定能使你开始写作，也没什么因素注定会阻止你写作。动机、灵感与激励因素将为你的创意写作提供支持，它们或许会迅速且有规律地出现，也可能缓慢而不频繁地出现，后者甚至会让你觉得你可能无法完成你正在做的项目——有时那会发生。虽然创意写作涉及想象力与智识间的互动，且两者中的任何一者都在以某种方式协助你创造、猜测和推理，但意外性和偶然性同样在这一过程中发挥着作用，而后者自然是你无法控制的。

当你书写你的作品时，无论是物理意义上的还是虚拟意义上的（例如，在屏幕上）书写，当你使用写作这种工具，或者说这门手艺时，作为创意作家的你都是在运用你的想象力，而这种想象力提供了事实、反事实或幻想的指导。通常，你会利用上述全部三种类型的想象。如果你对其中的某些部分很熟悉，或者你是出于好奇心才从事写作的，那么你就很容易取得进展；而如果你的渴望与你探索特定对象或主题的决心恰好相匹配的话，事情会更加顺利。

利用元素

你首先要决定你要从事哪种体裁的创意写作。你是想要写一首诗、一则短篇故事、一篇小说、一个剧本、一部戏剧作品，还是某种类型的新媒体作品，比如虚拟现实作品？关于体裁的选择有很多，一些创意作家会随着工作的展开而改变他们的想法，判定他们应该采用某种体裁的写作，尽管实际上那种体裁根本不适合他们。受到先前你作为创造者或消费者时对某一特定类型创意写作的满意度的影响，你的个人经验和偏好将驱动你选择特定的创意写作文体，同时也影响你对类型和形式的选择。（与写作相关内容的）接触、教育以及过往的写作尝试都会激发你的热情，并影响你对体裁、类型和形式的选择。

当你写作时，你会做出各式各样的创作选择，单一的创作选择被称为行动（action）；一连串的行动将构成一个集合，这种行动的集合即行为（act）。有时你偏好使用语言的字面含义，有时你会将比喻义包含在内。你的智力与想象力二者的结合对你的语言运用产生了影响。此外，或许你对语言的热情也有规律地在其中发挥了作用。就像作为一个整体的创意写作事件包含了多种元素一样，你的创作行动与行为同样包含了只发生一次的事件与重复出现的事件，从而在你的创作方法中创造出有规律的部分。先打草稿——也就是说，首先产出一些东西，创造原始材料；然后修订——回到你的初稿，修改它，打磨它，有时你会修改相当多的内容；然后编辑——这是指把你修改后的材料继续推进到一种更确定的形式，直到它达到某种你认为已经满足了你意图的最终状态。

你所拥有的一个或多个意图切实地贯穿了你所做的每一件事——对于众多创意写作来说，这里不存在一种意图超越了我们自身，或者说超越了我们每个人自己所下的定义，无论我们的意图是希望通过创意写作与他人（例如，家人、朋友以及我们所不认识的广大的读者）达成接触，还是期待借此达成某种预期结果（例如，获得经济收益，表达我们的想法、感受及展示我们抱有特殊激情的主题和客体）。对于某些创意作家来说，他们的意图是由他者设定的（例如，预期结果要达成某位老师设定的目标，或写作项目本身是为商业合约而启动的）。总的来说，你的意图通常由下列事物支撑：你的承诺（这很简单，你承诺投入其所设计的劳动），或许还有些计划（身体和/或精神上的准备），某种形式的逻辑推理（虽然情感投入可能会为你提供一些激励，但写作涉及理性的行动，因此情感本身并不能产生创意写作），以及你的看法（即为什么你认为创意写作是一件值得你去做的好事）。

当你进行创意写作时，你一般会获得如下体验：发现和探索新事物；转移词语所指层；追寻好奇心；创造能够阐明观点与情感并让其显身于世的表征；参与游戏（这些游戏通常包含了自发性和某种表演感）；确定和构建意义；最为重要的——与他人互动，因为写作的目标是与他人交流，尽管这些“他人”只存在于想象中，而不会实质性出现。

所有的创意写作都涉及结构、形式、功能和系统。换句话说，创意写作必然涉及与语言特别是与书面语言相关的各种机制。但是，令你的写作与众不同的是创造力，它可以赋予你所拥有的视觉与听觉想象力，你所创造的精神表征，以及你从记忆、假设、推论和猜想中获取的概念。你所运用的事物中，有些是复杂的，另一些则相对简单。在你的创意写作中，你要进行组织和分类活动，在“是什么”“为什么”和“谁”之间建立关联、排定次序。

所有这些都源于你个人的心理背景和你所处的社会文化环境，并受其影响。

你，创意作家

在导论中，我提供了三个有关创意作家的案例——一名学生、一位教授和一个医院病人——以说明任何人都可以成为创意作家。尽管随着时间的推移，有时人们描绘的创意作家的形象具有某种相似性，这些想象中的作家对世界有某种特定的看法，有特定的性格特征，也有特定的人生观，但这更多是把创意作家这个群体浪漫化了，并不符合现实。创意写作当然涉及写作技巧，但感觉、信念和动机至少与技巧有同等的重要性。我们甚至可以这样说，技巧是可以学习的，但感觉、信念和动机却不能。如果你渴望写作，如果你拒绝忽视、抹杀或淡化这种渴望，那么你就可以创作。

你渴望写作是有原因的。这一原因很可能是出于某种情感投入：你希望追求创意写作以达成某种目的，并获得某种满足感。在这一过程中，你所体会到的也许并不都符合狭义上的“快乐”，但你一定从中获得了满足感。你会拥有个性化的动机，而这种动机将影响你的行为模式、身体实践、你表达的本质、你在作品中嵌入的共情，促动你将用作交流手段的寻常的书面语言转回为某种非同寻常的东西，甚至激发你的灵感。你将解码语言，以便使用它；获取并理解你的想法和感受；尽可能多地参与到你正在创作的作品中，发挥你的想象力；使你的实践及其结果个性化。由此，当你觉得作品已完成时，你不仅获取了一种个人的感受，也感到向读者或观众发布你的作品的时机已经来临。本书所探讨的五个关键——意图、行动、情感、想象和快乐——将指导你进行各种形式的创意写作，并帮助你形成运用及发展你的写作技巧的基础，同时真正地支持你那了不起的雄心壮志：对写作的渴望。

注　释

导论 所以，你想成为一名创意作家？

Josephine Humphreys, 'Perfect Family Self-Destructs: Review of Ordinary Love and Good Will, Two Novellas by Jane Smiley', *New York Times Book Review*, November 5, 1989.

1 意图

Neil Gaiman, *Fragile Things: Short Fictions and Wonder*, New York: Harper Collins, 2007.

Mario Vargas Llosa, *A Writer's Reality*, London: Faber, 1991. Christopher D. Morris, ed., *Conversations with E. L. Doctorow*, Jackson: University of Mississippi Press, 1999.

R. Keith Sawyer, 'Writing as a Collaborative Act' in Scott Barry Kaufmann and James C. Kaufmann (eds), *The Psychology of Creative Writing*, New York: Cambridge University Press, 2009.

2 行动

Nancy Topping Bazin and Marilyn Dallman Seymour, *Conversations with Nadine Gordimer*, Jackson: University of Mississippi Press, 1990.

Mari Evans, ed., *Black Women Writers: Arguments and Interviews*, London: Pluto Press, 1985.

Giles Gordon, ed., 'Alan Burns' in *Beyond Words: Eleven Writers in Search of New Fiction*, London: Hutchinson, 1975.

Nick Holt, *The Wit and Wisdom of Great Writers*, King's Sutton: House of Raven, 2006.

Christina Kallas, 'Warren Leight (In Treatment, Lights Out, Law & Order: Special Victims Unit)' in *Inside the Writers' Room: Conversations with American TV Writers*, New York: Palgrave Macmillan, 2014.

Larry W. Phillips, ed., *F. Scott Fitzgerald On Writing*, Wellingborough: Equation, 1988.

George Plimpton, ed., 'Philip Roth', in *Writers at Work: The Paris Review Interviews*, New York: Viking, 1986.

Jacob Shamsian, 'Here's How Long It Took to Write 30 of the Most Famous Books in the World', *Business Insider*, September 2, 2016, http://www.businessinsider.com/how-long-it-takes-to-write-a-book-2016-9 (last accessed June 10, 2018).

3 情感

John Barth, *Further Fridays: Essays, Lectures and Other Non-Fiction, 1984—1994*, Boston: Little Brown, 1995.

Daniel Goleman, *Emotional Intelligence: Why It Can Matter More Than IQ*, New York: Bantam Books, 1995.

Nick Holt, *The Wit and Wisdom of Great Writers*, King's Sutton: House of Raven, 2006.

Stephen Jay Gould, *The Mismeasure of Man*. New York: W. W. Norton & Company, 1981.

Immanuel Kant, *Critique of Judgement*, translated by James Creed Meredith, Oxford: Oxford University Press, 2007 (original publication date 1952).

Vladimir Nabokov, 'Good Readers and Good Writers' in Fredson Bowers (ed.), *Vladimir Nabokov, Lectures on Literature*, New York: Harvest, 1980.

Joyce Carol Oates, *The Faith of the Writer: Life, Craft, Art*, New York: Harper Collins, 2003.

4 想象

Ruth Byrne, *The Rational Imagination: How People Create Alternatives to Reality*, Cambridge, MA: MIT Press, 2005.

Ruth Byrne, 'Precis of the Rational Imagination: How People Create Alternatives to Reality', *Behavioral and Brain Sciences*, vol. 30, no. 5 - 6, 2007, pp. 439 - 480.

William Gass, *Finding a Form*: *Essays by William Gass*, Ithaca, NY: Cornell University Press, 1996.

Günter Grass, *On Writing and Politics*: *1967—1983*, New York: Harcourt, 1985.

Colin McGinn, *Mindsight*: *Image*, *Dream*, *Meaning*, Cambridge, MA: Harvard University Press, 2004.

Jean-Paul Sartre, *Words*, London: Penguin, 1967.

5 快乐

AWP (Association of Writers and Writing Programs), 'AWP Recommendations on the Teaching of Creative Writing to Undergraduates', AWP, https://www.awpwriter.org/guide/directors_handbook_recommendations_on_the_teaching_of_creative_writing_to_undergraduates (last accessed August 20, 2017).

Graham Fuller, ed., *Potter on Potter* (*Directors on Directors*), Faber: London, 1993.

Graeme Harper, 'Creative Writing Habitats' in Dianne Donnelly and Graeme Harper (eds), *Key Issues in Creative Writing*, Bristol: Multilingual

Matters, 2013.

Daphne Kalotay, 'Mavis Gallant, The Art of Fiction, No. 160', *Paris Review*, Issue 153, Winter 1999, pp. 192 - 211.

Haruki Murakami, *What I Talk About When I Talk About Running*, New York: Vintage, 2008.

Joyce Carol Oates, *The Faith of a Writer: Life, Craft and Art*, New York: Harper Collins, 2004.

Paul Rozin, Lily Guillot, Katrina Fincher, Alexander Rozin, and Eli Tsukayama, 'Glad to Be Sad, and Other Examples of Benign Masochism', *Judgment and Decision Making*, Vol. 8, No. 4, July 2013, pp. 439 - 447.

结语 成为一名创意作家

Anne Olivier Bell, *The Diary of Virginia Woolf, Volume 5: 1936—1941*, London: Penguin, 1985.

Gail Godwin, *The Making of a Writer: Journals 1961—1963*, New York: Random House, 2006.

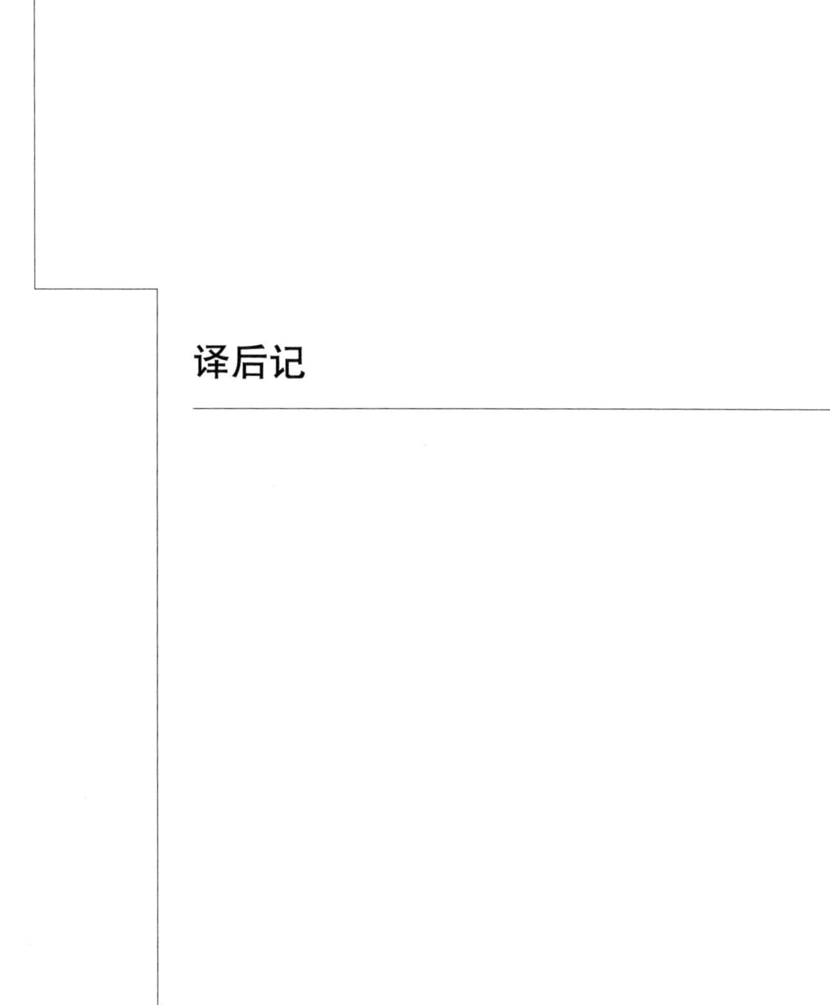

译后记

接到中国人民大学出版社的来电，询问我是否愿意翻译本书时，我才刚刚以学生的身份加入上海大学文学与创意写作研究中心不久。乍受到这样一份委托，我先是感到有些意外，随后又觉得十分惶恐，不知自己作为一名从事创意写作研究的新兵，能否胜任这份工作。

出于对他人著作负责的考虑，也考虑到翻译所需要耗费的时间和精力，在决定是否翻译本书前，我向周围有翻译经验的老师与前辈征询了意见，最终得到了一些相差不大的回复——愿意翻译新的创意写作著作固然是一件好事，但对此切不可抱有太强的功利心，因为这往往是一份苦工，且付出总是大于回报。其中一位前辈更是明确地问我，是否真的对本书抱有热情，愿意为它的推广做贡献，并严肃地表示，如果没有热情，不如不做。然而，对于那时刚入学的我来说，“热情”仍是个十分模糊的词语，我感到自己对一切主题都充满了兴趣，同时又对一切主题都怀抱着困惑，故此，这些忠告并未让我立刻做出决定、下定决心。

真正决意接下本书的翻译，是在完整细读了英文原版书后的第三天。那时，我正坐在图书馆前的长椅上，一边等人，一边看微信打发时间——有几位同样有志于创作的朋友正在微信中聊起近日的烦闷。好些年前，我们因为写作相识；现如今，他们中已有几位成了全职写手，算是半圆了作家梦，可生活依旧远称不上风光和体面。我坐在那里，看他们闲谈，心有戚戚之余，想起哈珀在本书最后一章对写作中的苦楚所做的讨论，忽然下定了决心。

作为一名从事创意写作研究的新人，我的书架上已挤满了讨论成规技法的创意写作书籍，却独缺一本书愿意谈谈创作者的内心。从工坊到教材，人们总是板着面孔聊过一波波作品，却避而不谈一个又一个鲜活的执笔之人。如今，我终于等来了一部指向创作者内心世界的作品，我将这本书视为哈珀为创作者所书写的一部心灵指南。自此以前，没有人为创意写作的践行者与研究者写过这样的作品。我想，如果我错过了参与翻译此书的机会，未来未免会为此感到遗憾。毕竟，若是我拒绝了这一委托，必然也会有别人来翻译，而我也不会再有与这本书产生如此深入联系的机会。

本书的翻译工作前前后后耗时近一年，过程姑且称得上顺利，并未遇到太多障碍或困难。自2020年底入学以来，我一共参与了三本创意写作著作的翻译工作，本书是我唯一独立翻译的一本，也是我个人最为钟爱的一本。2021年夏，本书的作者格雷姆·哈珀教授恰好参与了上海大学的国际小学期项目，受邀为上海大学的学生讲学，而我有幸成为这门课程的助教，也因此获得了更多机会进一步了解哈珀教授对于创意写作及其教学的看法。自然，这也为本书的翻译工作提供了助力。此外，为本书翻译提供助力的还有我的师妹高柯冬以及善良的穆晶女士，作为本书中译版最初的两位读者，她们提供的修订意见帮助提升了本书的可读性。还要感谢本书的编辑，可以说，没有他们，本书绝不可能呈现在大家的面前。最后，我希望在此感谢来自乔治·华盛顿大学的齐皎瀚教授——我学术与翻译道路上的第一位领路人，尽管他并未直接为本书的翻译工作提供帮助，但他所教授的知识已辐射到了我学习与工作的方方面面。

当然，由于本书是由我独立翻译的，其中如有任何不妥之处，也应当由我全权负责，与上述提及的所有为本书提供了帮助的朋友与前辈无关。诚如开头所说，无论是在翻译领域，还是在创意写作领域，我都只是一名新兵，如有任何不当之处，也敬请各位读者指正。我将努力在试错中前行。

范天玉
2021 年 9 月

创意写作书系

这是一套广受读者喜爱的写作丛书，系统引进国外创意写作成果，推动本土化发展。它为读者提供了一把通往作家之路的钥匙，帮助读者克服写作障碍，学习写作技巧，规划写作生涯。从开始写，到写得更好，都可以使用这套书。

综合写作		
书名	作者	出版日期
成为作家	多萝西娅·布兰德	2011年1月
一年通往作家路——提高写作技巧的12堂课	苏珊·M. 蒂贝尔吉安	2013年5月
创意写作大师课	于尔根·沃尔夫	2013年6月
渴望写作——创意写作的五把钥匙	格雷姆·哈珀	2022年6月
与逝者协商——布克奖得主玛格丽特·阿特伍德谈写作	玛格丽特·阿特伍德	2019年10月
心灵旷野——活出作家人生	纳塔莉·戈德堡	2018年2月
诗性的寻找——文学作品的创作与欣赏	刁克利	2013年10月
从创意到畅销书——修改与自我编辑	詹姆斯·斯科特·贝尔	2016年1月
来稿恕难录用——为什么你总是被退稿	杰西卡·佩奇·莫雷尔	2018年1月
虚构写作		
小说写作教程——虚构文学速成全攻略	杰里·克里弗	2011年1月
开始写吧！——虚构文学创作	雪莉·艾利斯	2011年1月
冲突与悬念——小说创作的要素	詹姆斯·斯科特·贝尔	2014年6月
情节与人物——找到伟大小说的平衡点	杰夫·格尔克	2014年6月
人物与视角——小说创作的要素	奥森·斯科特·卡德	2019年3月
经典人物原型45种——创造独特角色的神话模型（第三版）	维多利亚·林恩·施密特	2014年6月
情节线——通过悬念、故事策略与结构吸引你的读者	简·K. 克莱兰	2022年3月
经典情节20种（第二版）	罗纳德·B. 托比亚斯	2015年4月
情节！情节！——通过人物、悬念与冲突赋予故事生命力	诺亚·卢克曼	2012年7月
如何创作炫人耳目的对话	詹姆斯·斯科特·贝尔	2016年11月
超级结构——解锁故事能量的钥匙	詹姆斯·斯科特·贝尔	2019年6月
故事工程——掌握成功写作的六大核心技能	拉里·布鲁克斯	2014年6月
故事力学——掌握故事创作的内在动力	拉里·布鲁克斯	2016年3月
畅销书写作技巧	德怀特·V. 斯温	2013年1月
30天写小说	克里斯·巴蒂	2013年5月
从生活到小说（第二版）	罗宾·赫姆利	2018年1月

虚构写作		
小说创作谈	大卫·姚斯	2016 年 11 月
写小说的艺术	安德鲁·考恩	2015 年 10 月
成为小说家	约翰·加德纳	2016 年 11 月
小说的艺术	约翰·加德纳	2021 年 7 月
非虚构写作		
开始写吧！——非虚构文学创作	雪莉·艾利斯	2011 年 1 月
写作法宝——非虚构写作指南	威廉·津瑟	2013 年 9 月
故事技巧——叙事性非虚构文学写作指南	杰克·哈特	2012 年 7 月
光与热——新一代媒体人不可不知的新闻法则	迈克·华莱士	2017 年 3 月
自我与面具——回忆录写作的艺术	玛丽·卡尔	2017 年 10 月
写出心灵深处的故事——非虚构创作指南	李华	2014 年 1 月
写我人生诗	塞琪·科恩	2014 年 10 月
类型及影视写作		
金牌编剧——美剧编剧访谈录	克里斯蒂娜·卡拉斯	2022 年 3 月
开始写吧！——影视剧本创作	雪莉·艾利斯	2012 年 7 月
开始写吧！——科幻、奇幻、惊悚小说创作	劳丽·拉姆森	2016 年 1 月
开始写吧！——推理小说创作	劳丽·拉姆森	2016 年 7 月
弗雷的小说写作坊——悬疑小说创作指导	詹姆斯·N. 弗雷	2015 年 10 月
好剧本如何讲故事	罗伯·托宾	2015 年 3 月
经典电影如何讲故事	许道军	2021 年 5 月
童书写作指南	玛丽·科尔	2018 年 7 月
网络文学创作原理	王祥	2015 年 4 月
写作教学		
剑桥创意写作导论	大卫·莫利	2022 年 6 月
小说写作——叙事技巧指南（第十版）	珍妮特·伯罗薇	2021 年 6 月
你的写作教练（第二版）	于尔根·沃尔夫	2014 年 1 月
创意写作教学——实用方法 50 例	伊莱恩·沃尔克	2014 年 3 月
创意写作思维训练	丁伯慧	2022 年 6 月
故事工坊（修订版）	许道军	2022 年 1 月
大学创意写作·文学写作篇	葛红兵 许道军	2017 年 4 月
大学创意写作·应用写作篇	葛红兵 许道军	2017 年 10 月
小说创作技能拓展	陈鸣	2016 年 4 月
青少年写作		
会写作的大脑 1——梵高和面包车（修订版）	邦妮·纽鲍尔	2018 年 7 月
会写作的大脑 2——怪物大碰撞（修订版）	邦妮·纽鲍尔	2018 年 7 月
会写作的大脑 3——33 个我（修订版）	邦妮·纽鲍尔	2018 年 7 月
会写作的大脑 4——亲爱的日记（修订版）	邦妮·纽鲍尔	2018 年 7 月
奇妙的创意写作——让你的故事和诗飞起来	卡伦·本基	2019 年 3 月
成为小作家	李君	2020 年 12 月
写作魔法书——让故事飞起来	加尔·卡尔森·莱文	2014 年 6 月
写作魔法书——28 个创意写作练习，让你玩转写作（修订版）	白铅笔	2019 年 6 月
写作大冒险——惊喜不断的创作之旅	凯伦·本克	2018 年 10 月
小作家手册——故事在身边	维多利亚·汉利	2019 年 2 月
北大附中创意写作课	李韧	2020 年 1 月
北大附中说理写作课	李亦辰	2019 年 12 月

创意写作课程平台

从入门到进阶多种选择，写作路上助你一臂之力

【品牌课程】叶伟民故事写作营

故事，从这里开始。

如果你有一个故事创意，想要把它写出来；

如果你有一个故事半成品，想要把它改得更好；

如果你在写作中遇到瓶颈，苦于无法向前一步；

如果你想找一群爱写作的小伙伴，写作路上报团取暖——

加入“叶伟民故事写作营”，让写作导师为你一路保驾护航。

资深写作导师、媒体人、非虚构写作者叶伟民，帮助你实现从零到一的跨越，将一个故事想法写成一个完整的故事，继而迈出从一到无限可能的重要一步。

【写作练习】“开始写吧！——21天疯狂写作营”

开始写吧！——21天疯狂写作营，每年招新，专治各种“写不出来”。

你有没有遇到过这样的情况：

拿起笔来，或是把手放到键盘上，这时大脑变得一片空白，一个字也写不出来？

或者，写着写着，突然就没有灵感了？

或者，你喜欢写作和阅读，但就是无法坚持每天写？

再或者，你感觉写作路上形单影只，找不到志同道合的小伙伴？

“开始写吧！——21天疯狂写作营”为你提供一个可以每天打卡疯狂写作的地方。

依托“创意写作书系”里的海量资源，班主任每天发布一个写作练习，让你锻炼强大的写作肌。

★ ★ ★

写作营每年招新，课程滚动更新，可扫描右侧二维码了解最新写作营及课程信息，或关注“创意写作坊”公众号（见本书后折口），随时获取课程信息。

创意写作课程平台

First published in English under the title

The Desire to Write: The Five Keys to Creative Writing

by Graeme Harper, edition: 1

图书在版编目（CIP）数据

渴望写作：创意写作的五把钥匙/（美）格雷姆·哈珀（Graeme Harper）著；范天玉译. -- 北京：中国人民大学出版社，2022. 6
（创意写作书系）
书名原文：The Desire to Write：The Five Keys to Creative Writing
ISBN 978-7-300-30560-8

Ⅰ. ①渴…　Ⅱ. ①格…　②范…　Ⅲ. ①文学创作研究　Ⅳ. ①I04

中国版本图书馆 CIP 数据核字（2022）第 073108 号

创意写作书系
渴望写作
创意写作的五把钥匙
[美] 格雷姆·哈珀　著
范天玉　译
Kewang Xiezuo

出版发行	中国人民大学出版社		
社　　址	北京中关村大街 31 号	**邮政编码**	100080
电　　话	010－62511242（总编室）		010－62511770（质管部）
	010－82501766（邮购部）		010－62514148（门市部）
	010－62515195（发行公司）		010－62515275（盗版举报）
网　　址	http://www.crup.com.cn		
经　　销	新华书店		
印　　刷	北京联兴盛业印刷股份有限公司		
规　　格	145 mm×210 mm　32 开本	**版　　次**	2022 年 6 月第 1 版
印　　张	6.375 插页 2	**印　　次**	2022 年 6 月第 1 次印刷
字　　数	95 000	**定　　价**	39.00 元